地獄の道づれ

奥山和子

目次

地獄の道づれ

兄弟姉妹と言うが、なぜか私の兄弟は早死にする者が多かった。唯一人生き残った末の弟というのが、気のあわない奴だった。

弟は明治十八年の五月に、東京神田の今尾藩邸内で生まれたが、産婆も見放す難産だった。虚弱で、体中が吹き出物と痂蓋《かさぶた》だらけで、眼ばかり大きな赤ん坊は、医者の手を離れた事がなかった。上京していた母方の伯母が、肥立ちの悪い母にかわって、かかりきりで弟の世話をした。家中の者が弟のことを心配して甘やかした。その時には、十五歳の私も、憐《あわ》れみの目で弟を見たし、かよわい者が生き延びることを心から願った。

かかりつけの漢方医の死後、西洋医者を頼んだ。弟の吹き出物は完治した。医者の助言で、母と弟の健康の為に、一家は小石川の高台に引っ越した。父は家扶《かふ》をしていたが、丁度、殿様の方の御用も一段落していたので、決断したのだろう。

私の家は士族だが、先祖は御典医だったという。私は西洋医学の道を志そうと思った。弟が成長したら、色々な事を教えよう、連れて歩こう、男同士の話もできるだろう、と思っていたが、あてが外れた。弟は腕白どころか臆病者で、意気地無しで、性格は女々しく、姉妹と遊ぶのが好きだ。いっそ女に生まれた方がよかったのだ。弟は伯母の丹精でどうやら育ったようなものだから、伯母の悪口は言えないが、伯母が弟可愛さからむやみと庇《かば》いだてして、弟をつけ上がらせているとしか言いようがない。

明治二十四年に、弟が小学校に入学する時も、弟は隣家の遊び相手の女の子との約束を理由に、学校に行かない、と頑固に抵抗した。私は激怒して、弟を畳に叩きつけた。女の子が約束を忘れて登校していたので、やっと弟も小学校に行く気になった。

入学後も、弟は虚弱を理由にして、伯母と家の中で遊ぶことが多く、世間並みの事にはとかったので、家中が弟を、「脳の弱い知恵遅れの子」と思い込んでいた。その結果、「勉強は出来なくても当然だ。学校へ行きさえすればよい」と、弟を放置していた。

が、ある日、私が弟に教えてみると、意外にも「できない子」ではなかった。それで弟に、毎日、予習と復習をさせるようにした。そうなると「四角い字」は読めない伯母も、ご褒美《ほうび》の菓子などを用意して、弟に勉強させようとした。

弟にしてみれば、登校しさえすれば「えらい」と言われ、あげくに、何もできなくても一番だと信じていたところ、隣家に新たに引っ越してきた綺麗な女の子に「びりっこけ」と軽蔑されたのが、心底《しんそこ》こたえたらしい。事実、弟はびりで、学校から注意を受けていた。

転校生の美少女の一言がきっかけにもせよ、弟が勉強する気になったので、家中の者がほっとした。

幸い、弟は成績が上がるにつれて、体も丈夫になった。泣き虫の弱虫の意気地無しが級長になり、喧嘩《けんか》にも負けなくなった。隣家の美少女も家に遊びに来るようになった。

弟が女の子と遊ぶ癖は改まらなかったが、伯母や妹の乳母などは、幼い頃のまま、それを良しとしていた。下司《げす》な悪童共にはやし立てられたのはそれが原因なのに、妙なところで恥を知らないと言うか、面の皮が厚いと言うか、弟は公然と女の子と遊んでいた。待ち伏せしていた悪童共を、弟は一人で叩きのめしたらしい。ほめも叱りもならずとはこの事だ。

隣の女の子は再び転校した。その後、伯母が帰郷した。この頃から弟の一刻《いっこく》さが目立ってきた。口ばかり達者で妙な理屈をこねるし、学校では級友達から浮き上がっているし、先生達を困らせる存在だった。その癖に妙に幼稚で涙もろい。

幼少時代の虚弱さ故に、弟は何かと大目に見られていたが、丈夫になり、成長してくると、この特別扱いは私にとっても、妹達にとっても、腹立たしいものになって来た。勿論、両親は兄弟の不仲を好まない。「兄は大切な跡取り、弟は幼弱」と言い、長幼の序をもって解決せよと言うわけだ。弟は上下関係に不満を持ち、むやみと人の愛情を求めた。私も弟との溝を好ましく思っていたわけではないから、努力はした。

私と友人で弟を連れて、泊りがけで海辺に行った時、弟は、「波の音が悲しいんです」と涙ぐむやら、無用の石や貝殻が綺麗だからと目をとめて拾い溜めるやら、幼児期からその感性が全く変わっていないのをさらけ出し、私は呆れもし、友人に対し恥ずかしくなった。

又、私は釣りや投網が好きなので、何度か弟を連れ出した。釣り場は必ずしも清流とは決まっていない。濁り水の淀む、汚い堀もある。悪臭を放つ場所もある。弟は汚い釣り場が嫌いでも、精一杯大人しくしていた。しかし、私も無神経なわけではない。弟にやる気がないのは見え見えだ。大体、あたりが来ているのに気がつかなかったり、時間稼ぎのようにのろのろと釣る奴があるか。弟の嫌でたまらない気分がぴりぴりと伝わって来て、そのせいで私も興をそがれ、弟の屁理屈が私の癇にさわる。口喧嘩《くちげんか》にもゆかぬ二言三言で、私と弟は決裂した。

それやこれやで、弟を釣りに連れて行くのはやめた。私とて、楽しく釣りをしたいのだ。気のあわない弟よりも、気のあう他人の方が、ましな時もある。釣り仲間もいないわけではない。寂しくなどあるものか。

◇

弟は明治三十五年に、第一高等学校第一部に入学した。背格好は私とよく似ていて、背後から見ると時に見分けがつかないという人もいる。しかし、私と弟とは全く違う。

私は親の期待を裏切った事はない。第一高等中学校から東京帝国大学に進み、大学では医学を専攻した。私には新知識を吸収する意欲があり、医師となる目的があり、家を継ぐ者としての責任があった。父祖から受け継いだ家名を私の力で輝かせてみたい。能力があるのだから、努力次第で立身出世も叶う。そういう時代に生まれあわせたのだ。私は努力を厭《いと》わなかった。大学始まって以来の秀才と言われ、教授にも目をかけられ、恩賜《おんし》の銀時計も頂戴した。

その間、私が何の苦悩もなく過ごしたわけではない。私より能力が劣りながら、親の社会的地位が高かったり、出世欲が遥かに強かったりする者から、下司な罵詈《ばり》やひねくれた皮肉を浴びせられもした。帰宅しても親の目があり、跡取り息子のプライドがあるから、帯紐《おびひも》解いてくつろげない。今は故人となった伯母を、信心家と呼ぶべきか、迷信家と呼ぶべきか、いつも迷うのだが、その伯母に育てられた弟は、若いのに妙に抹香臭《まっこうくさ》く、寺へ足を運ぶ。私は釣りの方がましだ。釣り気違いという奴には言わせておけ。嫌なことを忘れて、無心に釣りを楽しんでいられるのが、この世の極楽だ。

弟が一高に入学したその年に、私は結婚した。私は三十二歳、妻は二十歳だった。華族女学校を出た、有力者の愛娘《まなむすめ》である。お嬢様育ちの世間知らずだが、性格は良かった。

妙な事に、妻は弟と気が合った。弟は十八歳だ。二人は年令が近いばかりか、巧拙の差はあっても、絵や文学が好きだった。私も若い頃は月琴《げっきん》を嗜《たしな》み、妹達と合奏したこともあるが、それはほんの慰みだった。絵や文学と言っても、私には慰みとしか思われない。

妻と弟はよく話をしていた。体は大きくても、不安定な年頃の弟は、妻に対しては素直そのもので、忠告をよく聞いていた。初めは、外から入って来た者への遠慮もあっただろうが、比較的早くうちとけた。母や私が言うのと同じ事でも、違う事でも、弟は妻の諫《いさ》めに従った。私にとっては、相談相手にもならない頼りない弟、生意気な態度が腹立たしいが、殴《なぐ》って従わせるには強く大きくなり過ぎた弟が、妻にはおとなしいので、多少はほっとしていた。何と言っても、二歳年長の兄嫁は、目上なのだから。

結婚後間もなく、私は独逸《ドイツ》へ単身で留学した。妻は家で私を待ちつつ、家風になじむ。私は三年たてば帰国する。その事には、誰も、何の不思議も感じなかった。

独逸は欧州の中央部に位置し、英吉利《イギリス》・仏蘭西《フランス》に次ぐ近代国家だが、英・仏のお手本を鵜呑みにするだけでなく、改良を加えている。ご一新前にも、阿蘭陀《オランダ》船に独逸人の医者が乗って来日しているし、又、ご一新の三年後に皇帝が即位して、分立する小国を統一している。様々な点で日本と共通点があり、お手本にしやすい国だ。私は期待に胸を膨らませて船を下りた。

がっしりとした石造りの町は、おそらく森林太郎氏の留学の時代と変わらない風景だろう。肩章《エポレット》をきらめかせる長身の青年や、金髪を揺らす美少女に、まず目を奪われた。目鼻立ちはともかく、髪の色、瞳の色、肌の色が違う。教会《キルヘ》とか市庁舎《ライトハウス》とか博物館《ムゼウム》とか、ペン書きの楷書の如き硬質の響きを持つ言葉が溢れている。故国とは異質な美しさに満ちている。

大学《ウニヴェルシュテート》に通う内に、友人とまではゆかなくても、言葉を交わす相手ができた。ギムナジウムを出たばかりの美少年もいれば、分別ありげな巨漢もいる。その周囲には、世話好きな母親や、はにかみ屋の小さな妹や、挑むような瞳の美しい義姉がいた。独逸人も日本人も変わりないと思う時もあった。

独逸人達は私が新婚早々だと知ると、なぜ妻が同行しないのかと不思議がった。私は、

「洋行の目的は医学の最新の知識を学ぶことです。集中して勉強し、成果をあげて帰ることが先決問題です」

と答えた。すると、納得する者もいるが、何人かは、

「若い花嫁を一人で放って置いて、大丈夫かね?」

と意味ありげに笑うではないか。

「妻は家にいて、母や弟妹と同居しているから、大丈夫だ」

と私は答えた。彼等は弟の年令や風采についてあれこれと尋ねた上、目配せしながら、

「年令が近い上に、共通の話題が多い美青年と同居しているのか。本当に大丈夫かね？」

と言う。邪気のないからかいと思って一笑に付したが、彼等の言動は、茨《いばら》の刺《とげ》のように心に残った。

大学生ともなれば、独逸の文化に無関心では過ごせない。教授も、知人も、文学や音楽を引用して話すことがある。異邦人は野蛮人だと思われては恥だ、教養とまでゆかずとも嗜み程度の知識は必要だ、と私は思った。それで医学を学ぶかたわら、話題にのぼる本にも目を通した。

ゴシック式の教会の如き壮麗な構想もあれば、不義の恋を美化する如き作品もある。キリスト教の禁忌は非常に厳しいのにもかかわらずだ。日本にも独逸にも、政略結婚は珍しくない。望まぬ相手との愛を神前で誓っても、より好ましい異性に出会ってしまう例《ため》しも多い。とは言え、「愛している」ですべて許されるとも思えない。

故国を離れた後、私の心に焦りが生じたのは、この時が初めてではない。しかしこの時までは、独逸での大学生活を円滑に続ける為のあれこれで、努力すればよかった。嫉妬の色は

緑色だと言う。緑色の刺は抜けてはくれない。よく母が妹達に、女の嫉妬は見苦しいと戒《いまし》めていたが、この私はどうだろう。弟の女女しさを軽蔑し、ことさら男男しく振る舞ってきた私だが、では弟への嫉妬をどう処理すればよいのか？

◇

明治三十六年に英吉利留学を終えて帰国した夏目金之助氏が、一高で弟達に英語を教えていると聞いた。弟の同期の友人達は、弟と似たりよったりの柔弱な連中なのだろう。その中の一人Fが、滝から投身自殺をして話題になった。せっかく二十歳かそこらまで育って、なぜ命を捨てるのか。何でも、「人生は不可解」だとか、訳のわからぬ一人よがりが、遺書にあったそうだ。嘴《くちばし》の黄色い奴が端を覗いたくらいで、人生のすべてがわかるなら、誰も苦労はしない。

弟は相も変わらず世間知らずで、詩を書く事に熱中していた。年長の妹二人が明治女学校に通っていたが、英文科教師の島崎春樹氏が「新体詩」なるものを発表していた。あんな物など、自殺よりましだが、これも困りものだ。

明治三十八年九月に、弟は東京帝国大学の文学部英文科に入った。弟の柔弱な性向からして当然だろう。夏目氏が東京帝国大学の英文科の教授となったので、弟は一高時代に続いて、夏目氏の教えを受けていた。

前年からの日露戦争が終わった。大国の露西亜に小国の日本が辛勝したので、独逸の知人達の反応も変わった。帰りの無事も嬉しく、何やら凱旋気分で帰国したのは十一月だった。日清戦争の時に、弟が日本の敗戦を言い張っていたのをちらっと思い出したが、今の私は弟など眼中になかった。最新の知識を学んで留学を終えた私と、ようやく大学に入った弟との優劣の差は、歴然としていた。

私は九州帝国大学医科の助教授となった。妻を伴って福岡に赴任し、新生活が始まった。私はその気になれば弟にさえ根気よく教えられる。私を慕う弟子は多かった。信頼され慕われれば私も嬉しいから、身を入れて教える。更に、海が近いから、好きな釣りも思うさまできる。

妻は姑や小姑と離れて、夫婦水入らずの新婚生活だから、本来ならば喜ぶだろうと思ったのに、余り楽しそうではなかった。貞淑《ていしゅく》な女なのに、どこか不満が感じとれた。

「他人同士が一緒に暮らすのだし、ぎくしゃくしても当然でしょう。だんだんよくなりますよ」と知人は言う。しかし私は夫であり、年長なのだから、妻が私にあわせて変わるのは当然ではないか。洋行帰りの少壮教授ということで公私の来客は多いが、夫の仕事の為なら、やむを得ないではないか。妻の実家も、岳父が名士なので来客は多かったのではないか。

私の留学中に妻は病気にかかり、長期の里帰りをしたらしい。私は妻が健康ならそれでよかった。快復したのなら何も言うことはない。双方の親から、孫はまだかと言って来ているが、子宝にはなかなか恵まれなかった。

妻は心の底で岳父《がくふ》の力を頼む所があったと思うが、露《あら》わにはしなかった。それは良いとしても、私の母と違い、夫に盲従する女ではなかった。新時代の教育のせいか、お嬢様育ちのせいか、生来の性格か、その全部か――しばしば私を諫めようとするのだ。弟は妻より目下だが、私は妻より目上なのだ。目上の者である夫に対して、妻がとやかく言うべきではない、と私はつっぱねた。何度か繰り返す内に、妻は諦めたのか、多くを求めなくなった。

それでも、私と妻は、末の妹を福岡の医師と結婚させた。この妹には弟の友人Kも恋していたらしいが、私としては不安定な文学者は好みではない。妹にとって申し分のない話だったし、弟にも異存はなかった。母が不平らしい事を言ったが、大した事ではなかった。私にとっても、妹にとっても、結婚生活はまずまず順調と言えた。

が、私も無神経ではない。貞淑で柔順な妻の心は、私とは上辺しか一致していないと感じられた。体の奥に何かが蟠《わだかま》っている。私には、それが弟への恋に思えてならなかった。もしも妻が義弟にあてて、涙の痕《あと》がある手紙を書いていると知って、不愉快にならない男がいたら、お目にかかりたい。実家の母親とか、姉妹とか、友人とかにでなく、義弟になのだ。独逸で私の心に刺さった茨の刺は、私を苦しめた。私は妻と弟の仲を疑い続けた。

　自分で言うのも妙だが、私の一家は美男美女が揃っていると評判だ。私も見苦しい方ではないが、弟もまあまあ美青年と言えるだろう。全く男らしくない優柔不断な弟に対して、女達が優しいのは、多分その容姿のせいなのだろう。

　弟は勤勉な努力家と言うよりは酒飲みの怠け者で、英文科だろうが国文科だろうが、首席はまず望めない。大学を卒業しても、役所や学校に勤める気はない。否、その気があったとしても、妙に一刻《いっこく》な奴だから、早晩、上司と衝突するだろう。それは確かだ。

　明治三十九年に亡くなった父は、弟が頑固で人づきあいが下手なのを見抜いて、弟が一人立ちできるように、生前に財産を遺《のこ》しておいた。一方、弟は、

「詩ではとても生活できない」

などと考えているらしい。卒業して就職して一家を構えるという自明の理を考えていないの

だ。私は父の甘やかしにも、弟の甘えにも、腹が立った。高等遊民《こうとうゆうみん》でも乞食でも、好きな道へ行くがいい、弟の事など知るものか、というのが私の本心だった。従って、私は、弟の何回目かの大失恋にも同情しなかった。

弟は幼少時から美しいものが好きだ。当然、恋の相手も美女だ。富裕な友人Ｅの継母の妹で、一才年下だと聞いた。生まれも育ちも申し分なく、万人が認める美貌で、名流婦人の写真集でも目立った。王宮の孔雀、高嶺《たかね》の花とも言うべき美女だが、悪いことに、自分が美しい事を知悉《ちしつ》しているのだ。私も独逸で様々な婦人を見たが、自分の美貌を武器にして男を意のままに操る美女も何人かいた。彼女がそうだとは言わないが、こういう娘は我儘で、金もかかるし手もかかるのが常だ。弟は昔から意気地なしで、ぐじぐじと優柔不断だから、その娘には、さぞ物足りなく見えるだろう。

彼女は終始姉の婚家へ来ている。Ｅは富裕な家の一人息子で、弟と違い、明るい性格だ。少々複雑な人間関係だが、Ｅは迷う事なく求婚したらしい。弟自身も、その方が彼女は幸せになれる、と考えたようだ。はきはきとして気の強い娘は、それで見切りをつけたらしい。弟の決断など待っていたら、桜が葉桜になってしまう。姉の継子《ままこ》と言っても元は他人、Ｅは客観的には申し分のない青年だ。明治四十年に、Ｅと彼女は結婚した。新婚の二人はなかなか派手に楽しく暮らしていて、噂にもなっていた。

弟は自分が二人の背を押したようなものなのに、きっぱりと思い切ったようでもない。家を出て、別の友人Yの家に行って、我儘一杯に暮らしていたらしい。Eの結婚は三月だったが、四月には夏目氏が東京帝国大学の教授の職を辞して、朝日新聞社に入社し、小説を発表し始めた。この二つが重なったのは偶然だが、それやこれやが引き金となったかも知れない。九月になると、弟は英文科から国文科へ転じた。

「失恋しましたと言わんばかりではないか」

と冷笑したが、その時、妻がどんな顔をしたか、私は覚えている。少なくとも私と同意見だという目ではなかった。

◇

明治四十二年に岳父が亡くなったので、私達夫婦は上京した。そして福岡へ帰る前の晩に、親戚の者と酒を飲んだ。この時に、いよいよ弟が東京帝国大学を卒業するとか、祝いめいた事も言われたが、私は、

「いやいや、物になるやらならぬやら、とんと見通しのつかぬ青書生《あおしょせい》で」と笑い飛ばした。弟はどう見ても出世する人間ではない。その点は自信を持って言える。妻が眉をひそめたが、私は例の如く無視して、更に杯を重ねた。私の酒は後を引く。

人々の賞讃は私に集まり、私は尾羽根を広げた孔雀さながら、得意の絶頂にあった。母や妻や弟が、ちらちらと私の方を見たが、私は勧められるままに杯を手にし、酒と諧辞を飲みほしては機嫌よく笑った。そして心地よく酔って床に入ったと思う。私は前後不覚に眠ったが、どこかに頭痛の記憶も残っていた。

翌朝、来客があって起こされた。体が妙に重い。それも右半身が重い。力が入らない。妻が手伝って、ともかく起きて着替えをした。

妙な事に、考えがまとまらない。言葉が口から出ない。容易ならぬ事だと焦る。酒を過ごしたのはこれが最初ではない。何故、言葉が出て来ないのだ？　医学用語、それも独逸語の断片が脳裏に明滅し、捉える前に消える。「私は医者だ」と焦るが、時が過ぎてゆくばかりだ。ついに妻が弟を呼んで、二人で私を支え、肩を貸して、ともかく二階から一階まで下りた。座って、ぐっと目をつむる。これは悪夢だ。目がさめれば元通りだ、と自分に言い聞かせて、ぱっと目を開ける。が、言葉は出て来ない。私は黙りこんだままだ。

医師の診断は失語症だった。

失語症（ＡＰＨＡＳＩＥ）。言語機能が選択的に失われた状態を「失語」と言う。聴覚や発声機能が保たれ、脳機能の全体障害がないにもかかわらず、言語の理解や表出のみが障害された状態である。失語はしばしば見逃されたり、錯乱や痴呆と誤診される。

人生は不可解と言うより、理不尽だ。前途洋々の私の未来が、たった一晩で消滅したのだ。

私は信心深い人間ではない。それでも「溺れる者は藁をもつかむ」のたとえの通り、人目を避けて神仏に祈ってもみた。が、そんな事で、脳溢血からの失語症が治るわけもない。信心で治るようなら医者は不用だ。私がずっと学んで来た西欧の医学は私を救ってくれないのか？　あれだけの努力に対する報いがこれなのか？

私は名誉ある医学博士で、九州帝国大学教授だ。一家を支える大黒柱、一族の誇りだ。それが何でこんな病気になる？　神も仏もないとはこの事ではないか。選りにも選って、何で私が廃人とならねばならんのか。驚き、不平、怒りが、私の中で渦巻いていた。

ともあれ、九州帝国大学教授の職は辞した。壮年の男が自宅の一室で、妻を相手に発声練習を繰り返すしかない。幼少より頭脳明晰《めいせき》をうたわれた私の口から洩れるのは、息、そして意味をなさない音ばかりだ。赤児のように辛うじて母音を絞り出せば、独逸語も話せぬ妻が、もう一度やり直すように言うので、かっとなって妻を叩いた。匙や鉛筆を持ちあぐねて、癇癪を起こすのも、常の事となった。私のやり場のない怒りは、嵐の如く家中を吹き荒れ、その矛先は、当然の如く弟に向かった。何の役にも立たない弟がなぜ健康なのか？

私には教えるべき弟子も、診《み》るべき患者もいる。手をつけていた研究もある。弟には私の代わりはつとまらない。弟は大学卒業も就職も未《いま》だしである。それを思っては、「何でこいつでなく、自分が」と立腹する。

生来強健な私は、どうやら手足の動きは常態近くまで回復したと思う。一方、弟はこの年の十一月から、急性腎臓炎で病いの床についた。冷静に公平に考えるなら、家長たる私が倒れたので、慣れない応待やら雑用やらで疲労した、というのだろうが、その時私は、役にも立たない奴が大きな顔をして床につき、母や妻の注意を引いている、と感じた。私は飼い犬を連れて、弟の病室に踏み込んだ。噛みつかせようというのではない。弟が驚き、慌てふためき、弱音を吐くところが見たかった。――そう、私は気晴らしがしたかったのだ。弟が同じ家にいて、女達が弟にかまけて、私をないがしろにするのはご免だった。それらの事を筋立てて言う事も、まして遠まわしに言う事も不可能な私には、暴力的な直接行動しかない。

明治四十三年に、弟は妻の実家の別荘に行った。病後の保養にと妻が勧めたものと思う。

目障《めざわ》りな弟がいなくなって私はせいせいした。大体、弟は幼時以来の病弱もあって、兄弟姉妹中で特別扱いを受けていながら、

「なぜ自分を可愛がってくれない」

などとほざく奴だ。それで母や伯母が涙するなど、ふざけた話だ。家長は私だ。ここは私の家だ。

一方で、母がぶつぶつと愚痴を言い始めた。

妻の実家に迷惑をかけている、と言う。申し訳ないからと気兼ねしているのではなく、妻の実家からの干渉を恐れているのだ。嫁に借りを作っては、姑の威厳が保てないというのだろう。

「ご一新前の家柄なら、ひけを取りません」

と、母は肩肘を張っていた。加えて、私は恩賜《おんし》の銀時計を頂いた自慢の息子だった。

妻は父母の「家風」とは、ややはずれていた。従って、私の考える家庭と妻の考える家庭も、かなり違っていた。末の妹の結婚は、客観的には申し分ないのに、母は、この話を妻が積極的に勧めたというだけの理由で、不服そうだった。私が健康なら、母は家長に従う平凡な老母だったろう。それが、私が廃人となったので、母の不平不満がこぼれ始めた。

理不尽な運命への怒りを、私も流石《さすが》に老母にはぶつけなかったが、時として、若くて健康な妻と弟がわけもなく憎かった。私とて八つ当たりは恥ずかしい。しかし、我が身を生ける屍《しかばね》と見ている私の前で、家政や看病の話にもせよ、妻と弟があれこれと仲良く相談していると、腹が立つ。さりとて私の目を避けて声をひそめられれば、なおさら怪しい仲の男女に見える。妄想はふくれ上がり、私は自制心を忘れて嫉妬に狂い、暴力をふるう。母は見て見ぬふりをしている。止めてもきりがないし、暴力は恐ろしい。加えて母も妻を怪しんでいたからだ。

妻の容姿は尋常で、弟が失恋したE夫人ほどの美女ではない。私達は恋愛で結ばれた夫婦ではない。私は独逸で美しい婦人達に見向きもされなかった訳ではないが、森林太郎氏のように、日本まで後を追って来るような金髪の愛人はいなかった。夫婦の間に強烈な恋情が無かったのは事実だが、今は、自分でも呆れるほどの嫉妬に悩んでいる。男であり夫である事の証《あかし》を示そうにも、暴力という表現方法しかなく、しかも情無いことに、それが快感なのだ。妻の恐怖も、疲労も、私の眼中には無かったのだ。

◇

弟は妻の実家の別荘で養生し、年末に近衛兵の一年志願兵になった。しかし、翌四十四年には、瘭疽《ひょうそ》で衛戍《えいじゅ》病院に入院している。この間、夏目氏と弟は見舞状をとりかわしている。所詮は柔弱者だ、と私は思った。大臣大将になる代物だとは最初から思ってもいないが、入隊の目的は何だったのか？　有力者の別荘で、貴婦人に囲まれて静養している優雅な生活に飽きたのか？　近衛兵なら普通の軍隊より上品だとでも言うのか？　大学で男だけの社会に慣れているとしても、そこはまだ、教養や生活程度という共通点がある。軍隊は、ある意味では平等で、初年兵は一番下っぱという階級社会で、「美」とばかりは言えない、赤裸々な人間性に溢れている。自分勝手な癇癪など許されない。なのにどういう訳か、弟はさほど悪い印象も持たず、除隊にこぎつけた。

除隊後、弟は信州の野尻湖の島や湖畔の寺に住んでいた。そこは弟の友人達もよく知っている場所らしい。かと思うと帰京して入院したり、千駄ヶ谷にいたり、転々としていた。明治四十五年（大正元年）に、弟は信州にいた。七月には、福岡に嫁いだ末妹が病死した。この時は、母と弟が福岡へ行き、妹の最期に立ち会った。今の私は、たとえ妹に呼ばれても、何もしてやれない。残念の一語に尽きる。

この後、弟は二度目の島籠《しまごも》りをし、それから上京して、上野の寛永寺の真如院に住みついた。その間に、弟は夏目氏や友人Kの力を借りて、自分の幼少時の思い出を書き、何らかの形で発表しようとしていたらしい。

大正二年の三月、弟の友人Yが自殺したと聞いた。弟にとって学生時代の心の支えだったYの死、それも自殺は衝撃だったらしい。又、弟は友人達を妻に引きあわせ、話題を共有していたらしく、妻もYをよく知っていたので、この件には顔色を変えていた。しかし、弟と妻が高く評価している程の男が、何で自殺するのだ？　私でさえ生きているのだ。

その直後の四月に、夏目氏の推薦により、弟の小説が朝日新聞に掲載された。これで弟も、多少は世間的に知られるようになった。

勿論、私には新聞は読めない。読むどころではない。妻を相手に発声練習したり、文字で筆談らしきものをしたり、もどかしい日々である。妻が子供をあやすような口調だと癪にさわり、きちんと発音できなければ自分が情けなく恥ずかしい。これを繰り返すのは、短気な私にとって辛い。弟がいなければ嫉妬しないですむかと言えば、妻が弟の小説を読みふけり、弟の身を案じているのが、ぴりぴりと感じとれるのだ。二人の絆は切れていない。私の恣意《しい》的な暴力も止まなかった。

弟は全くの無能ではなかった、と周囲の者はいくらか安心したが、多少の才能位で、文筆で食べてゆけるものか、というのが大方の意見だった。

弟の作品を熱心に読んで感心している妻を見て、私は、弟がこの家にいたら、あれを種にして話しこむだろうな、と思った。それが恋ではなく、純粋に文学的な興味だとしても、相当のうちこみ方だ。そう言えば、妻は新聞をこっそり筆写していた。義弟というだけで、ここまでするものか。

妻は私の仕事に、あれほどの興味を示した事はなかった。もっとも妻が医学の話をしても、私が一笑に付する程度のものだろう。そもそも姉弟と言っても、私あっての義理の仲ではないか。二人とも私が夫だという事を忘れてはいないか?

私の耳は悪くない。妻は毎日、新聞を音読する。私もある程度までは理解できる。弟の小説も読み上げられる。平易な文章だが、幼稚で女女しくて、大人の男の文には思えなかった。弟らしいと言えば言えた。

かつて私が見聞した限りでは、物を書く連中というのは、妙な新しがりの女と恋をしてはその顛末《てんまつ》を文にして世間に公表するという、厚顔無恥な輩《やから》が多い。夏目氏さえ、兄嫁に恋したり、友人の妻に恋してこれを奪う小説を書いたりしている。他に書く事はないのか？

「頼りにしているのはお前だよ」と母は私に言った。が、母は、出来の悪い子は可愛いと言う通り、弟を大目に見てもきた。

　妻は私に対して柔順には違いないが、昔も今も、私に話さないような事まで、あれこれと弟には話すのだ。私は妻一人の心さえつかめない。私は孤独だ。

「奴は人妻に執着する見苦しい男だ」

と私は心の中で弟を罵《ののし》る。もっとも、人妻とは私の妻か、友人Eの妻か、その双方か、判然としない。

　私の心の中には、疑いと妄想と嫉妬が渦を巻いていた。私は弟が家に帰る事を認めなかった。弟も又、頭を下げて帰って来るような事はしなかった。せいせいした、と思う一方で、不人情な奴だと思った。私は一途に弟を憎んでいた。

◇

弟は粗衣粗食、それも偏食で、重症の脚気《かっけ》になり、加えて神経衰弱とも聞いた。身も心も病みやつれて、転地しながら何か書いて発表している様子だ。信州追分や比叡山の横川にもいたし、友人Aや友人I等と再会したと思ったら、鵠沼《くげぬま》のAの家の離れを借りたり、千駄ヶ谷に戻ったり、風来坊もいいところだ。旧友《きゅうゆう》達に世話になったらしいが、私は知らない。弟の話をすると私が激怒するので、よほどの事がない限り母も妻も口をつぐんでいた。

私の発病から十年が過ぎた。子供にはとうとう恵まれなかったが、妻は一家の主婦として必要な存在だから、私は離別など考えたこともない。妻は老母と病夫を抱えて家事に明け暮れている。私は妻なしでは生きてゆけない体になったが、自分の事で手一杯だ。疲れきった妻が一人で泣く声を聞いても、妻を哀れとも、妻にすまないとも感じなかった。

「あんなに声に出して泣いて、はしたない」

と母が呟いても、とりなせないし、その気もない。妻は私に所属する者で、弟に所属する者ではない。従って、

「母と私の日々の世話をするのは妻の当然の義務だ」

と私は信じ、そう思い続けていた。

しかし、私が職を失った故に、収入が減じたのは事実だ。「座《ざ》して食らえば山をも空《むな》し」

と言うが、加えて私は病人だ。しかも回復は遅く完治は望めない。不惑を過ぎて半身不随では、どんな仕事を身につけられようか？　父の遺産を食いつぶすのみで、時は空しく容赦なく過ぎてゆく。

妹達やその他の親戚がしばしば見舞いに来て、家政についてあれこれと言った。今の私は、そうして声をかけられるだけで嬉しい。名目上の家長はやっぱり私なのだ、と実感する。彼等は母にも何かと話しかけ、母も同様に嬉しげな様子だ。だから、健康な時なら一笑に付したような事でも、「うん、うん」と頷いてしまう。

妹達は実家の気安さで、母に何かとねだったり、あれこれと智慧をつけたりする。私は口がきけないし、昔のように理路整然とした話はできない。妻は年上の義姉達には強い事が言えないので、正面きって反対しないが、何か考えている様子だった。

弟は友人Eと再会して旧交を温め、彼の幼い娘と親しくしているかと思えば、茨城の寺や千葉の手賀沼辺りを転々としていて、相変わらずの風来坊という噂だ。夏目氏は大正五年に病没したが、彼のおかげで多少は弟も名が知られるようになって、爾来何かと物を書いているが、筆は一本、箸は二本、そうそう楽な生き方とはゆくまい。我孫子《あびこ》では志賀という友人ができたらしい。あんな奴の顔も見たくないが、弟に野垂れ死にでもされたら、外聞も悪いし、嫌なものだ、と頭のどこかで思っていた。

跡継ぎのいない私の家については、廃人と見られている私と多少の家財をめぐって、親戚の紛糾の種だった。そしてついに妻の兄が来た。

義兄は、妻一人で一家を背負ってゆくのは無理だと言った。妻は老母と病夫の世話だけで疲れきっており、収入が減って支出が増える家計を立て直すというその上の事は、男の力が必要だ、とも言った。確かに妻の様子を見れば、口には出さないが、爪に火をともすようにして遣《や》り繰《く》りしている。だが、つましくすればどうにかなるという訳でもない。検約もそろそろ限界なのだ。だから、弟を呼び戻して、妻を助けさせてくれ、と言うのだ。

岳父の生前には、私より弟の方が、妻の実家へよく遊びに行った。私からすれば、「自分の妻でもない、兄嫁の実家の別荘に入りびたって、友人まで連れて行って、世話をかける上に我儘の言いたい放題で、程というものを知らん、面の皮の厚い奴だ」と苦々しくてならず、きっと岳父も同じ思いであろうと考えていた。弟の自堕落《じだらく》が目に余れば、雷が落ちるだろう、と期待してもいた。私の家が奴の自宅と言えるなら、自宅では私が弟の行住座臥《ぎょうじゅうざが》を見ているから、息が抜けず、その分をよそで発散していたのだろう。甘えが過ぎれば一喝をくらって目が覚める、と私はたかをくくっていた。

しかし妙な事に、事実は逆で、弟は妻の実家で可愛がられていた。岳父は多くの若者が出入りする事に慣れていたから、弟の居続けを許していた。あんな奴のどこが、と思うのだが、妻の両親は弟を可愛がり、認め、信頼していたらしい。ひょっとすると、妻の扱いに関しては、私より弟の方を信頼していたかもしれない。義兄もそれを覚えていたのだろう。

妻の両親が、私が元気な内から、弟に「姉さんを頼む」と言っていた点は、私は大いに不愉快だったが、もはや私の恣意で弟の帰宅と助力を拒むわけにはゆかなくなった。

弟は小石川の家を出ても、一家を構えているわけではなく、転地転居の宿借り暮らしだ。所詮《しょせん》、それが弟の程にあった暮らしなのだ、と私は心の中で嘲笑していた。親戚の中に、

「弟御は自由気儘な一人身ではありませんか。このような時こそ早々に帰宅し、兄上を助けて家の為に働くべきなのに、寄りつきもしないとは、何と不人情なお人じゃ」

と言う者がいた。その人は、私が弟を嫌って寄せつけないとは考えもしないらしいから、私はそ知らぬ顔で頷《うなず》いていた。説明する気もないし、できはしないからだ。

「亡き父上の甘やかしが、弟御をあのように自堕落にしたとも申せますな」

「全くもって兄を兄とも思わぬ男じゃ」

「父上の偏愛が今もあなたの心に影を落として、それで弟御を遠ざけたいのですな」

などと、私が健康な時に口にした事を引きあいにして、わけ知り顔にあれこれ言う者もいた。その時は私も本気で言い放った事だから、否定はしない。反省する気など皆無だ。

又、弟に家を任せたりしたら、どんな目にあうかわからない、と忠告する者もいる。

「失礼ながら、貧《ひん》書生が突然、巨額の金を扱う力を得たら、どんなに私利私欲を貪ることやら、想像もつきませんよ」と、恐ろしげに言うのだ。義兄は逆に、

「弟さんを信頼して、きちんと扱ってあげれば大丈夫です」

と言う。果してそうだろうか？　私は兄として、家長としての理由あっての事としても、弟にしてきた仕打ちの数々を考えれば、弟がどんなしっぺ返しをするか、考えたくもない。私が弟を憎むだけ、弟も私を憎んでいる筈だ。

世間には弟を養子にする例《ためし》もあるが、それは私の望むところではない。家政の切り盛りを任せられる大人の男が必要なのだ。幸か不幸か、弟はまだ家族の一人だ。私は頷くよりなかったが、それでも、「頼む」と手をついて、弟に後事を托すのは嫌だった。

弟は妻の実家に恩義を感じており、家族の事を全く心配していないわけではなかったらしく、最後には、妻の協力者として家政を見る事を承諾した。但し、弟は相続人ではなかった。弟にとっても地獄だろうが、私にとっても地獄だった。しかも、他に道は残されていなかった。

◇

妻と弟に家政を委《ゆだ》ねる事は、私のみならず、母にとっても心外だったらしい。弟が丈夫になり、わずかに文筆で世に認められた程度では、賢兄愚弟の評価は逆転しない。自分の身一つさえ養いかねているような弟は、不安定この上なく見えた。誰もが「何が出来るか」と思っていた。

今や戯作者《げさくしゃ》風の物書きに混じって、大学を出て筆をとる弟の同類は増え続けている。彼等の文章は不可解ではないが、新風俗の男女の訳のわからぬ心理や行動が書かれており、内容も読むに堪《た》えないものが多かった、と記憶している。弟の文章は、硯友社《けんゆうしゃ》流美文とは異なるが、一種の韻律のある美文で、幼稚な印象が強かった。その後の作品は新聞に載《の》ることがなく、従って妻の音読もないから、知るよしもない。今の私には読書は無理だが、文士は堅気の仕事ではないと思う。

しかるに、弟の文を読んだと言って訪ねて来る者がいる。私の家なのに、弟の客が上がりこんで、訳のわからぬ話をしていれば、私には不愉快極まりない。

私と弟の関係が逆転した後もなお、私は弟を見くびっていた。そもそも弟の実績と言ったら、売れもしない物書きだ。あの意気地なしで生活力のない弟が、家政を切り盛りできたらお慰《なぐさ》みだ。失敗したら手を叩いて嘲《あざ》笑ってやろう、と思っていた。だからと言って、今の私には、弟程度の事さえ出来るかどうか、わかりはしない。それでも、自分が健康なら、弟よりずっと上手にやってのけると思っていた。

家計は窮迫《きゅうはく》していた。母も私も、家政については、他人には安心して任せられないし、妻の実家に采配を振られたくはない。従って、弟に賭けるしかなかった。

弟と妻は話し合い、友人Iと相談して、財産を整理した。亡き父からの弟への遺産については、いつどのように処分したものか、私は全く知らない。

今住んでいる、小石川の家を売るというのは、わが家の逼迫《ひっぱく》を物語るものだ。母は反対したが、私は仕方ないと思った。弟の友人Iがこの家を買いとり、一応の結着がついた。

翌年に私達は一たん四谷に移った。父が建てた家、形を成してゆくのを母も私も弟も見ていた家、妻が嫁いで来た家を出る時は、私も本当に辛かった。自分を不肖の息子と思い、心の中で父に詫びた。全く、こんな筈ではなかった。

大正十年に、弟は友人MやIの力添えで、本を二冊出版した。その印税がどれほどの金額やら、私は知らないが、例《たと》え焼け石に水だろうと、収入は収入だ。

大正十一年に入ると、弟の新しい小説の件で友人Ｉが警視庁に呼ばれた。過激な表現となされた箇所を伏字にして、事件は解決した。一般的に言えば、犬の交尾など日常的に目にする事である。伯母の信心か迷信のお蔭で、捨てられた蚕の墓まで作った弟である。犬と人のまじった獣人を考えても不思議はない？　私にはそのようなおぞましい物は考えもつかない。あの、妙に潔癖で、妙に面の皮の厚い弟が、どういうつもりでそんな作品を書いたか、想像もつかない。所詮、弟も男だという事だ、と私は思った。

この年の六月に、弟の友人Ｅが病死した。孔雀のような美女は、三人の子を抱えた未亡人となった。七月には、私達は赤坂に新しい家を買って引っ越した。この家は大正十二年の関東大震災もどうにか凌《しの》いだ。

更に大正十三年には、弟は神奈川県の平塚に避暑用の家を建てた。海に近いその家は、私と母と妻が避暑に行く時のほかは、留守番と自称する弟の住みかとなった。

平塚の家に弟が一人で住むのはともかく、家事をする女中は老婆と言うわけではない。弟自身は、

「六畳の書斎に善良な下婢が一人、適当な散歩道があって、読書と執筆に集中できれば良い」

などと綺麗事を言っているが、文士などというものは、作品中でも実生活でも良風美俗に反するもの、と相場が決まっている。いくらその女が弟の好みの女でなくても、男盛りの弟と、年格好の似合った女が、二人きりで一つ屋根の下にいるとすれば、妙な噂の種にもなろう。私はまだ当主だ。仲立ちの人の好意はわかる。彼女も女学校は出ているようだし、料理上手だ。しかし、壮年の独身男と一緒に住む事を承知している女も、考えれば大胆だ。彼女は弟の妻にふさわしいか、弟が彼女に手を出しているか、と観察するのが常だった。

弟が綺麗な事を書きながら女に手を出していたら、それこそ偽善者だ。嘲笑う種にはなるが、外聞はよろしくない。

弟はE未亡人に大失恋もしたが、他方では、思わぬ人を失恋させていたのかも知れない。妻の実家では、私は弟のように親しまれなかった。むしろ怖がられていた。弟があの顔で、遠慮のない態度で、詩人的なもの言いをすれば、勘違いする女もいただろう。弟は女中に厳しかった。信頼していながら、人目の有無にかかわらず厳しかったというのは、弟も過去の経験から、その気もなしに甘い顔を見せたりすれば、余計な希望を持たせると考えての事かも知れない。彼女が弟に対して何も感じていなかったとは思わないが、自分の立場を心得ているように見えた。手を出しても構わんと言えば、むきになって反抗する弟だ。心配が杞憂であれば、それはそれで良い。

私は一つ屋根の下に弟が住むと、何かと腹立たしい。弟も私と同居していては、執筆どころではなかろう。性格も生き方も全く違うのに、家族だというだけで一緒にいることが苦痛だから、できるだけ顔を合わせない方が、互いに気分が休まるのだ。弟は時に、優しく私に接しようと務めるらしいが、結局はどちらもぴりぴりした神経の持ち主なので、反撥しあって長続きはしない。弟がかつて「地獄の道づれ」と書いたが、全く因果な兄弟だった。

しかし家を離れていても、既に弟が生活の中心であり、妻の相談相手だった。逆転した関係はもはや元には戻らない。

それでも私は弟に負けたくなかった。奇妙にも、母も妻に負けたくなかったので、私についた。私と母は、少なくとも名目上、弟と妻より目上の立場にあった。私は生まれて初めて母を独占していた。楽隠居で結構な暮らしだと他人は見るだろうが、思いがけなく、予定より早く、譲りたくない相手に地位を譲らざるを得なかった私と母の心中には、無念と未練が渦巻いている。

妹達や親戚が赤坂の新居を訪ねて来て、家を誉《ほ》める。ついでに、小石川の家やその他の財産を処分した価格はどれ程かとか、新居の購入はいかほどでとか、そうすると手許にはいく

ら残るかしらとか、勝手に計算して、

「それなら、これ程までに切り詰めた暮らしをしなくても大丈夫じゃないですか」

と言う。私もつい、そうかな、そうだな、と思う。

又、弟の事を槍玉に上げて、

「財産運営について教えてやろうと思ったが、断りおった。偏屈な奴だ、一刻な奴だ。あなた方も大変ですな」

「貧乏していたから、お金の使い方がわからず、むやみに財布の紐を締めるんでしょう。物事には程ってものがある」

「定職につけばいいのに、根っからの怠け者なんですな」

とか、悪口を言う。私が弟を完全に信頼していないことは、誰にも感じとれるらしい。

更には弟と妻の仲を怪しむように、

「お兄様もお気の毒ね。お義姉《ねえ》様がお元気になられたのは、待っていた誰かさんが、とうとう帰って来たからなのよね」

などと耳こすりしている。それが恋や愛であろうがなかろうが、妻が弟の帰宅を「待って、待って、待ちこがれて」いたのは事実だから、むらむらと嫉妬がこみ上げてくる。連中の目が良かったら、私の全身が緑色の炎に包まれているのが見えるだろう。

私が健康で口がきけたなら、皆を一喝して黙らせるものをと思い、噂の原因の弟と妻に対して憎しみが突き上げる。しかし何も言えない私は曖昧《あいまい》に頷いている。下らぬ邪推《じゃすい》は、する連中もさせる二人も悪いのだ。来客は私や母に同情している口ぶりだが、私は不機嫌になった。無力さを思い知らされる同情は御免だ。

母は母で、客が帰ると早速、弟と妻に非難をあびせた。家計費を切り詰めて、余った金を二人で好き勝手に使っているのではないか、と言うのである。弟と妻は帳簿を見せて説明し、母の非難があたっていない事を示した。ここで母が自分の誤りを認めて、

「私の思い過ごしだった。安心したよ。悪かったね」

などと言うわけがない。負けず嫌いで意地っ張りの母は、弟と妻に対して、

「そんな事は誰でも出来る。誰のお蔭と思っている」

と、高飛車に出た。当然、弟は不本意だったろう。伯母からのお菓子ですかされ、小学校への登下校ができたと褒められて育った奴だ。家財整理という一世一代の大仕事をなし終えて、褒められこそすれ、と思っている筈だ。母からこんなに理不尽なまでに厳しい言葉を投げつけられて、満足するわけがない。

確かに、父の遺産がなかったら、弟に人並み以上の才覚があったとしても、無から有を生じるのは、至難の技どころか、不可能というものだ。好意的に解釈すれば、

「これ位の事でいい気になるんじゃないよ」

と母は言いたかったのかも知れない。もし私が健康だったら、家屋敷を手放しはしないだろうが、同じ事をしても当然と思われるだろう。私はずっと親の期待通りに生きてきた男だ。何事も、うまくやれて当然の扱いだった。

弟は、ある意味では、やっと一人前の男として評価されたのだ。しかし、素直な感謝やほめ言葉を期待していたらしく、不服そうな顔で部屋を出て行った。

私は妙に胸がすっきりした。

◇

歩いて外出できるまでに、私の体は回復した。

一緒に外出すると言って、妻は日本髪に結った。妻としては、久々に夫婦で出かけるのだから、綺麗にしたかったのだろう。しかし、ショー・ウィンドーに映るのは、半身不随の男

と、生き生きとした若い女である。美しく装った女に細かく気をつかわれている、ぶざまな男が私だ。独逸留学時代の私は、外見も含めて、かの地の人々に見劣りしなかった。九州帝国大学の教授だった私は、人々の尊敬を集めて、力と輝きに溢れていた。そんな私は妻にとっても誇らしかった筈だ。過去と現在との差は、耐え難いものだった。

病に倒れてからの私の心は、ひねくれて歪んでいたと思う。かくも変わった私を、なぜ白日の下にさらすのだ？　妻は誰の為に日本髪に結って美しく装ったのか？　笑顔で私に寄り添っているのは本心からか？　様々な思いがこみ上げ、妄想の虜となった私は、自制心を失っていた。

気がつくと、私は衆人の前で妻を小突き、頭を叩いて金蒔絵のなかざしを折り、妻の装いを目茶苦茶にしていた。失語症の私は胸の中の思いがどうあろうとも、「馬鹿」と妻を罵《ののし》り、妻を叩く事しかできない。周囲の人々は、私達に注目し、指さしてささやきあい、半狂人のように避けた。おそらく妻は帰宅後に弟に悲しみや恥ずかしさを涙ながらに訴え、傷心をさらけ出すだろう。そういう時の弟は、わが事のようにくやしがるのだ。私はかつて弟に暴力をふるった為に、一度だけだが、警察に召喚《しょうかん》された。蛮カラ学生の鉄拳制裁《てっけんせいさい》など、よくある事ではないか。もっとも、弱者である女に暴力をふるうのは、蛮カラ連中でも恥ずべき行為だった。

　独逸で西欧の文学に触れた時、愛を至上のものと見る一方で、不義を犯した配偶者への報復には、洋の東西を問わぬ共通点があると感じたものだ。その本の記憶は失せているのに。人間というものは、所詮、同じなのだ。

　頭では、妻は貞淑で、行き届いた世話をしてくれる、得難い婦人だとわかっている。しかし私の妻は弟のものではないとかたくなに思い続けた。妻を弟に取られてなるものか。勿論、妻に詫びなどしない。

　妻は妻で、弟の新しい小説を、涙さえ流して、とり憑《つ》かれたように読みふけっている。妻が音読しない限り、私はそれを読むことはできないし、内容もわからない。しかし、二人の話から察するに、物語の中心となる女性のモデルは妻らしい。彼女との恋により改心する悪人は弟に似ているが、彼女の死により、再び執念深く悪人に立ち返る部分は私に似ている?

　不愉快だ、実に不愉快だ。弟はそうやって書く事で私に報復し、憂さをはらしているのだろう。卑怯者め。

　弟が帰宅すれば、弟の友人、知人、愛読者が家を訪ねて来る。私にとっては無害な客だが、弟や妻が彼等と楽しげに談笑していると、私は自分の家で一人ぼっちになり、機嫌が悪くなる。私が元気だった頃は、もっと社会的に有力な客が大勢来ていたし、私は一座の中心として輝いていたのだ。それが今は、と思うと、その落差に惨《みじ》めな気分になる。

私の中のどこかで、言葉が響く。

「旧《アルテ》、新《ノイエ》。新《ノイエ》、旧《アルテ》」

私は家の主の座を失う事が辛かった。しかし妻が、弟の客は仕方のない事なのだから、嫌なら無理に同席せずに、外出して気晴らしをしてはどうか、と勧めた。確かに、訳のわからぬ客に腹を立てつつ座っているよりも、その方が快かった。

脚絆《きゃはん》に草鞋《わらじ》の釣り支度をして、電車の行き先を書いた札の束を持ち、電車や地下鉄を利用して釣りに行けるようになると、私はほんの少し、生きる苦しみを離れた。ややもすると黒雲のように胸中に広がる妄想や悪意も、釣りに熱中している時だけは消える。私には殺生《せっしょう》が極楽だ。思った以上の釣果《ちょうか》を魚籠《びく》に入れて帰る時は、私の口もともゆるんだ。釣り嫌いの弟では、いくら健康でも、私ほどの釣果は無理だろう。

釣りそこねた魚ならぬ弟の失恋の相手は、今は未亡人だ。弟は友人Eの生前からその長女を可愛がっていたが、

「まだ母親に未練があるのじゃないか」

「娘に気があるのかな？　あの可愛がり方は普通じゃないよ」

などと、いずれにしてもろくな噂の種にはならない。全くもって、こと美女・美少女との接し方となると、弟は子供の頃から全く進歩していない。

悩みを打ち明けあい、親身になって話し合い、同情し、感情移入し、無限の憧憬を示し、独占欲で悩む。邪念の塊のようでいて妙に潔癖だ。弟の書く物は、美しい物はこの上もなく美しく、醜い物はこの上なく醜い。弟は少しでも美しくありたいのだから、その為に努力する。外見はそこそこなのだから、自分の内なる醜さを摘出してとり除く、とも言えようか。そこで、書くという事が創造とか表現だけではなく、排泄という面も持つ事になる。

「優柔不断の正当化か」

と、私は心の中で冷笑する。友人Eの忘れ形見の気の強い小娘に振りまわされている弟は、いかにも情無く見えるが、また、妙にふさわしくも見えるのだ。

◇

弟が実の娘のように熱愛していたEの遺児もすくすくと成長して、昭和二年には結婚した。

眉濃く、骨格のしっかりした婦人だから、嫋嫋《じょうじょう》たる風情はいま一つだ。その頃、母親のE未亡人がK画伯のモデルとなって、話題となった。こちらは嫋嫋美人だが、弟より一つ年下だ。「四十路《よそじ》の大年増なのに、容色は衰えるどころか、磨きがかかった。それを美人画のK画伯が描くのだから……」
と人は噂する。Eの友人達は、彼女自身か、家庭全体かの我儘さに飽いて足が遠のいたとも聞く。変わらず出入りしているのは弟一人らしい。

弟はまだ彼女に心を残しているのだろうか？　美しさは目に快いが、見慣れると美しさもあたり前になる。そうなると人間としての本質が見えてくる。弟はある意味では甘い男だが、単純明快な男ではない。もう彼女の本質は見えている筈だ。彼女はまだその色香で弟を引きつけているつもりなのだろうか。弟との再婚を考えているのだろうか？

弟は妻に自分の事を、「母娘二代の懺悔僧《ざんげそう》のようなものだ」と言ったらしい。本当なら興ざめである。今さら甘い言葉もないものだが、結局は愚痴を聞く役ではないか？

妻は弟に何度も、「まさかの時につくす者は私だけだよ」と言い、弟は頷いている。事実、妻は、弟を「書く」という仕事に専念させる為に、出来るだけの事をしていた。そして弟の小説を涙を流して読みふけるのだ。内容はわからないが、「又あれか」と苦々しく思い、二人を執念深く憎むばかりだ。内容がわからないから、くさしようもない。

弟が家政を見るようになってから、妹達や親戚の出入りは減り、母と私は寂しくなった。弟は私が馬鹿になったと思っている。確かに私は、年長者として、家長として、知力でも体力でも絶対的な優位に立っていた昔のようではない。私にも彼等が、欲に絡んで出入りしていた位はわかっている。それでも、身内が顔を出して、昔のように私を立ててくれると嬉しくて、美酒のように世辞を味わっていた。母もその点は同じだった。

時に私は、男を離れて行った影が、旅をして戻って来て、影と男が逆転した物語を、きれぎれに思い出す。私はあの悪夢の中の男なのだろうか？

私は弟の顔を見たくないが、この家は弟がいないと立ち行かないのだ。妻は母と私の為に細やかに気を配っているが、本当に愛しているのは弟ではないか？　妻が自ら、私を愛しているなどと言っても、私は信じないだろう。今の私を愛しているとはとても思えない。半身不随で頭が鈍って口がきけない男、癇癪《かんしゃく》を起して狂ったように暴力をふるう男、それが今の私だ。衆人の前で妻の帯をつかんで引きまわすような男を嫌うのは当然か。

ああ、でも弟も癇癪を起せば、私のことを責められないのだ。昔、家人が蚕を捨てた時、弟は気違いのように悪態をついた。今も変わってはいない。弟は妻に何か手厳しい事を言ったが、妻はその言葉が錆び剃刀のように妻の心を引き裂くと訴えた。弟は気がついて、一も二もなく謝った。謝るのは当然だが、あれは義弟だから謝っても様《さま》になるので、夫が謝ったら様にならん、と私は思っている。

◇

妻が何か弟に訴えた為か、昭和七年に弟は平塚の家を売って、赤坂の家に同居する事になった。平塚の生活については、「私の勝手を言うならば、私はひとに代わってもらいたかった」というのが弟の本音らしい。家族への奉仕がわずらわしくて、読書や執筆に思うように集中できんというのか。一家の世話を引き受けるというのはそんなものだ。財産を整理したからこそ生活も安定したのだろうが。「善良なる下婢」については、きちんと報いればそれで終わりと言うのか。それならそれで良い。

実のところ、弟との同居は嬉しくないが、老母が日に日に衰えてゆくのは、寂しさの極みだ。妻も決して健康な体ではない。昔の私なら母をみとる力があったが、今は何もできない。

かつて弟が家政を見る為に帰宅した時、妻は弟に手をついて詫びた。私の代わりだと妻は言ったが、私はあんなに詫びるつもりはなかった。弟がいないと、妻は私を諫める。妻は私の為だと言うが、私は弟の為だと思う。兄弟の仲の悪さは事実だが、弟の方が私にあわせるのが筋ではないか。私は抵抗した。その時は母が私についたが、今、母は弟の帰りを待っているように見える。折れたくないが、折れるしかない。

無力になった母は意地を張らなくなり、それと共に妻を信じて頼るようになった。私も嫁姑の不和よりは仲直りの方が嬉しいが、私が妻を信じているかと聞かれたら何とも言えない。弟と妻は信頼しあい支えあって、車の両輪さながらに家政をとりしきっていると、見ればわかる。

私がこんな体になったから、妻は私を頼りに出来ないのだ。弟が支えているから、妻は心の平衡を保っているのだ。もはやそれは恋の、不義のというものではないと、私も朧《おぼ》ろに感じる時もある。

母の心が私一人に集中せず、弟や妻にも傾くようになると、妙な寂しさが私を包んだ。自分が自分の家で重んじられていない、という昔からのあの感覚だ。私が健康な時、弟は虚弱さ故に特別扱いを受けていた。今、病人の私が特別扱いを受けていると言えるのか、と妙な意地がこみ上げもする。そんな私に、母は自分の葛湯《くずゆ》を分けて飲ませてくれたりした。大して美味でもなく、有難《ありがた》迷惑だったが、皆に勧められて飲んだ。

昭和九年に母は亡くなり、私も弟も力を落とした。大往生だと人々は言った。私を可愛がり、自慢の種にもし、私を家長として立ててくれた母は、この世から消えた。家族は私と妻と弟の三人になった。

◇

三人家族の生活が続く。女中が一人、後には二人になったが、基本的には三人家族だ。

天候と体調が許す限り、私は釣りに出る。時間は有り余っている。電車の乗り降りにも慣れた。私は鼻が悪いから、肥やし船に乗って釣るのも平気だ。親切な釣り仲間もいて、色色と教《おそ》わる事もある。しかし悲しいかな、私の頭は鈍くなった。弁当を食べる時に、魔法瓶の湯で茶を入れ、仲間に勧め、その時にいい話を聞くこともある。だが、家へ帰るまでに忘れる事もあり、即座にあれこれと質問する事も出来ないから、妻や弟を引き込む。

頼みたい事、教わりたい事、納得できないまま帰って来てしまったので改めて尋ねたい事について、葉書を出してほしいのだ。代筆してくれればいいのだが、私の口から出るのは片《かた》言《こと》のような言葉だ。鉛筆で書こうとすれば、誤字だらけの漢字と、幼児が描いたような絵だ。きちんと説明しようにも、複雑な内容という事もある。加えて、妻も弟も釣り音痴だ。長年の慣れで察してくれる部分もあるが、その場に居合わせないと話しようもない事もある。そうなると、片言では説明しきれない。

「こいつ等は何年私と暮らしているんだ。これ位の事が、まだのみこめんのか。馬鹿」

と思っても、口から出るのは最後の二文字だけだ。

「何だって、選りにも選って、釣り嫌いな奴が弟なんだ。これ位の事が何故わからんのだ？ええっ、役立たずめ！」

魚なら、気長につきあえば、どうにか釣り上げる術《すべ》もある。しかし、言葉の通じない人間が相手では、私の生来の短気と癇癪がむき出しになる。上気し、声を荒げ、髪をかきむしって怒鳴って、妻も弟も何とも言えない顔になるが、私自身もみじめになる。二人にああかこうかと聞き直されても、頓珍漢《とんちんかん》な質問だったりするから、私は文字通り、怒髪《どはつ》天を衝《つ》く。

結局、葉書を書いても一度で用が足りず、二度三度と出すことになる。私は焦れた。それだけに、思い通りの返事が来ると嬉しくて、上機嫌になった。妻と弟は私のことを、子供みたいだと言って笑った。

釣り道具の手入れについて、釣り仲間に教わる内に、手作りの方に入りこむ事もあった。好きな事だからやりたい。だが、私の頭も手も、思うようには働かないから、妻にやらせるしかない。妻は器用だ。私が忘れてしまう細かな手順も、妻が覚えていればよいわけだ。妻が釣りには興味がない？　私にとってはどうでもよい。妻も弟も私の釣果《ちょうか》を食べているではないか。文句は言わせない。

弟は、「道」「真善美」「四聖」などと夢のような事を語り、妻はそれを心から応援していた。時代の流行《はや》りものだ。よく、和魂漢才をもじって、和魂洋才などと言ったものだが、欧米の文化がなだれ込んで来て、亜細亜《アジア》諸国が植民地化している時に、「和して同ぜず」のベクトルを探すのは大変な事なのだ。故人となった夏目氏は神経衰弱になった。真面目にとりくめば、そうなるのも無理はない。

世界は欧米の法則で動かされている。学ぶとは「真似《まね》ぶ」だが、模倣でも何でも、一旦その中に入らないと、対世間的ならぬ対世界的に認められないのだ。日本から「武士道」などと言う事もあるが、欧亜の文化は時に異質すぎるので、相互理解ならぬ相互誤解の悲喜劇も生じる。

弟の仲間達が考えているのは、欧亜の根元にある共通の価値観だろうと、かつての私は思ったものだ。今の私には、新興宗教の戯言《たわごと》と大同小異だ。良く言えば夢、悪く言えば偽善だ。いくら医学専攻でも、独逸語を学んで留学したのだから、多少の文学の断片位は脳裏に刻みこまれる。人妻への恋の思いを告白すれば正直な罪人、思いを押し殺せば偽善者、という現今の考えからすれば、弟は偽善者の方だろう。

妻は弟と共に家を支えて行く立場で、弟の考えを誤解する事はあるまいが、あのE未亡人などは、「道」などどの程度理解しているか怪しい。恋の未練ならわかるだろう。妙な勘違いでもさせたら、却って罪作りだ、と私は冷笑する。

しかし、そんな戯言に、妻と弟が熱中すると、私は又も嫉妬を覚えた。二人は私とは違う世界に生きている。その間に入り込む隙間がない。実の姉弟のように、時には夫婦か恋人、親友、戦友のように見える。二人は時に私に、こっちへ来いと誘っているようにも思えるが、私は自分から折れたくはない。折れるなら二人の方が折れるがいい。家長は私だ。

子供のいない家に、弟の友人知人が、時には家族連れで訪ねて来る。子供が可愛くないこともないが、私は相手ができないし、その気もない。妻や弟は玩具を出して遊ばせる。今風の新しい玩具など無い。よく子供とつきあえるものだ。とにかく私の知った事ではない。

もし、私に子供がいたら、子供にどう接していたか、想像もつかない。それによって、私にも多少の変化があったろうか。弟のように、何かと屁理屈を並べて私に逆らう息子だったら、「その根性を叩き直してやる」と拳をふり上げるか、それとも気長に説得するか、想像もつかない。私のように、親の期待にこたえて出世しても、志半《なか》ばにして倒れ、親を嘆かせる場合もあるのだ。

Eの長女は、弟を父親のように見ているし、弟もそれを良しとして秘蔵っ子扱いしているが、遠慮も何もない娘だと思う時もある。私にあんな娘がいたら嬉しいだろうか？　確かに彼女には情愛はある。弟を母親と結びつけたがっているようにも見える。E未亡人は娘より美しく淑《しと》やかだろうが、娘は母親の鏡でもある。弟は彼女達について、

「爆発的な感情と電光的な神経」

と評していた。弟は母娘いずれもが勝手気儘にふるまうのを許している。私は首をかしげざるを得ない。弟が私の発病後に家を出た折、独逸の歌曲《リート》「冬の旅」さながらに漂泊し続けたのは、私のせいだが、E未亡人もその一因と思う。弟は今もあの婦人を恋し続けているのか？

何ともわからない。

しかし、妻一人では私を看護できないのは事実だ。弟はよくわかっている。弟は恋でなくても、妻を大切な人と思い、その信頼を裏切るまいとしている。私は昔のように、妻の髪を

つかんだり、打ち叩いたり、引きずりまわしたりする体力はない。妻ももう若くないし、健康でもない。比較的若くて健康な弟がいなくては、この家は成り立たない。私は昔のように、弟との同居を嫌悪してはいられない。

妻は相変わらず、弟の不在の折を見ては、

「二人きりの兄弟じゃありませんか。仲良くして下さい」

と諌める。誰に言われても腹が立つ言葉だが、実は、妻に言われた時が一番、反抗的な気分になる。そんな気持ちを知ってか知らずか、妻は、

「私しかあなたに言う人はいません」

と言う。自分の無力さを認めるのは辛い、と思ってはくれないのか。母の死で私の孤独感は深まったというのに。弟への憎しみを支えに虚勢を張っていないと、私はくずおれてしまいそうだ。妻は何故そこをわかってくれないのか。

◇

妻が蜘蛛膜下出血で倒れたのは昭和十五年のことだった。昨年の春に眼底出血をやって以

来、妻は病気がちだったが、ここまでとは思わなかった。妻は三週間の安静を言い渡されたが、弟が、ぶつぶつと、

「そう言えば姉さんは、最近、訳のわからない事で、一週間ばかり床についていた」

「確か、むこうの家には、脳溢血《のういっけつ》の筋があった」

などと呟《つぶや》いていた。私も弟も、気をつけているつもりだったが、無事な日々が続くと気がゆるみ、油断してしまう。

家事については、女中がいて、弟がいるから、滞《とどこお》ることはないが、妻の細やかな気配りが欠けている事が神経にさわった。

弟は妻の為に、夜の台所で氷を割っていた。そんな事は女中にさせれば良いのだと思うが、弟は必要に応じて、吸い吞みで牛乳を飲ませたり、匙で氷を含ませたり、うがいをさせたり、舌を拭いたりする。大の男がやることか。しかし、女中も看護婦も忙しくて、姪も始終いるわけではないとすると、弟が不足を補うよりないのだ。

本来、夫であり医師である私が、妻の看護について指図するべきではないか、と思いもするが、長続きはしない。結局、弟が日常の細かな事に手を出すしかない。

すりおろした林檎も、卵をおとした味噌汁も、弟は妻の求めに応じて自ら手をくだす。勿

論、弟は私の為にも、妻の代わりに新聞を読んでくれる。不平は言えない。言いたくても言えない。今は妻が一番特別な病人なのだから。

弟の友人Aの細君が見舞いに来て、妻は楽しそうな様子になる。亡き母が「あんなお嫁さんがほしい」と褒めた婦人だな、と思い出すこともある。

妻は一命をとりとめて、歩けるまで回復した。しかし、身も心もボロボロなのに変わりはない。私よりずっと年下の妻だから、どう間違えても私に先立つ事はあるまい、と私はたかをくっていた。が、それも覚束ない。私は今の自分の無力さにうちひしがれた。

失語症になってからの私は、かつてのように、弟に対する絶対的な優越者ではなくなった。体力でも、もう勝てない。弟が私に暴力をふるうとか、そういう話ではない。弟は私に手を上げはしない。私は弟の庇護下にあり、釣り三昧の楽隠居として暮らすだけの廃人だ。暴力という形でも劣等感の憂さ晴らしができたのは、妻に対してだけだった。思えば情けない。私は妻をいためつけたが、肝心の時には助けてやれないのだ。

かつて最新の医学・医術を学び、人にも教えた私が、たった一人の妻を助けてやれないという現実。最も助けねばならない者を、助けてやれない医者。目を閉じている妻の姿を見つつ、私はふと、惚れたはれたの色恋沙汰には縁がない女なのだ、と思った。妻はお人好しで、誤解される程に無邪気で馬鹿正直な女なのだ。弟の不在の度に私に諫言し、私を怒らせたのも、私に盲従する事を拒んだのも、その為なのだ。

妻との二人三脚で来た弟にとって、妻が倒れる事は片腕をもがれる苦痛だろうが、私にとっては片腕どころではない。冷静に思い返せば、妻は常に私の側にいて、細かく気を配って来た。釣り場で茶を飲めるようにと、急須に使えるような水入れを探して来て、自分で網袋を編んでそれをくるんでくれた。本当はそんな気配りが嬉しく、得意なのに、私は、こんな事は親切で器用な家政婦にもできる、などと思い、妻の愛の証と思わぬようにしていたようだ。私はひがんで、ねじくれていた。

弟が家を出ている時、妻は私の為に棋譜を読み、解説をして、盤上に石を置いてくれた。そもそも妻は、釣りも碁も趣味の内にない。興味がないのに無理に始めたから、覚えは悪い。よく考えてみれば当然なのに、私はいらだって怒ったものだ。

妻は私の逆上ぶりに脅えて萎縮しつつ、それでも私の相手をしてくれた。私はそうまでして、弟と烏鷺《うろ》を戦わせ、勝った。そして弟に向かって「馬鹿」と憎まれ口をきいた。自分が馬鹿や低能として扱っている相手から、馬鹿呼ばわりされる気分はどんなものだ?という気持が私にはあった。愚弟に全面降伏するなど嫌だった。弟は名目上や表面上にもせよ、母と私を長上として立てねばならなかったが、実質的には二人ともその器ではないと思っていただろう。それをぴりぴりと感じとっていた。

私は夫で病人である事を盾に、妻の奉仕は当然の事として、感謝や慰めの態度を示すどころか、不平不満を露《あら》わにして、怒ってばかりいた。餓《かつ》えるように賞讃を求め、愛情を求めて来た私は、真に人を愛し、その思いを表現したことがない人間だった。妻は病に倒れてもなお、私や弟に何かをしなくてはと焦っている。私は弟と同列に扱われたくないのだ、と思うが、妻がどうにか回復すると、例によって弟が胆石で倒れて、医者よ、看護婦よの騒ぎが、そちらに移ってしまう。いずれにしても、妻はこわれ物だった。縦横にひび割れた鉢さながらの体だった。

私と妻の二人を、弟が看るようになった。女中もいるし、いざとなれば看護婦や派出婦も頼めるから、完全に手不足だという訳ではない。しかし病人を中心とした家で、家政や家事に気配りしつつ、文を書くのは容易ではない。友人の子供達の為の物語もあるが、文の主体は詩歌や随筆となり、その上に随筆は日記の体裁《ていさい》だ。身内や知人にふれる話が多くなる。そのせいか、過激な暴露は控えて、人名は伏字、あちこちに抽象的な説教めいた一言二言が入る。修身嫌いな弟が修身の焼き直しをするから、矛盾もいいところだ。トラブルの当事者には「胸に釘」でも、第三者には「そんなものですかね」と思わせる気配りで、もって回った印象となる。「糠に釘」の読者や、嫌な読者は、読まなくても仕方がない。よくも継続して読む者がいたものだ。

弟は圭角を失ったわけではないが、私や妻に対してかなり辛抱強く接するようになった。妻は少し快方に向かうと、家事に戻ろうとする。しかし、半分壊れた体には無理な話だった。

あれはいつのことだったか、妻が縁側を磨きながら、

「お爺さんや、お婆さんや、お爺さんや、お婆さんや……」

と、繰り返し言っていた。弟が聞き正すと、

「そんな風にして暮らせたら、どんなにいいかと思う」

と妻は洩らした。何ともささやかな、当たり前の平凡な望みだが、それさえ叶えてやれない夫だった私には胸にこたえた。

なぜ妻をもっと理解し、いたわり、庇ってやれなかったのか？　私の心の中に、自責の念が少しずつ目覚めた。健康な頃の私なら、妻の様子を見た時に、それが上辺《うわべ》だけであろうとも、患者に対するように、

「体を大切にしなければいけないよ。無理をして命を縮めてはいかん」

と妻を諭《さと》したであろうに、医師が口にする、眼底出血、蜘蛛膜下溢血、冠状動脈閉塞症などの病名は、私の耳を空しくすり抜けて行く。私は夫として、医者として、何の忠告もできない。もっとも、昔の私なら、

「私という夫がいて、弟を恋人にするなど、言語道断だ。こんな二心の女を、何でいたわる必要がある」などと、茨の刺が心を痛めつけるにまかせて緑色の炎を噴き上げ、妻を白眼視していたかも知れない。

無能の弱者もかつては万能の強者だった。何でも可能な時に、なぜ妻を真に愛せなかったのか。病気で倒れた時に、なぜ妻に暴力をふるったか。その心があれば、妻も生身《なまみ》の人間で、疲れれば休ませないと健康にさわる、と分かるものを。妻が自分のものだからと言って、奴隷ではないのだ。それを酷使したのは、妻を軽んじていたのか？　まさか、ご一新前は軽輩だったとか、E未亡人ほどの美人ではないからとか、そんな意識で妻を見ていたとでも言うのか。

とうとう妻も半身不随になった。今の妻と弟は、どんな悪意の目で見ても、私を裏切って来たとは見えない。愛はあるが、恋ではない。不治の病人になった妻に対して弟は怒らなくなった。それが却って妻を不安がらせる程に。

妻を一人で外出させるのも危険になった。来客を見送って玄関を出るだけでも、頭や体の反応が鈍っているから、ふらふらと歩き過ぎて、交通事故に遭いかねない。一度に一つの事しか考えられなくなり、家事も満足には出来なくなった。最後には妻も諦めて、家政も家事も、一切を弟に任せた。それでも、何がどこにあるかを知悉しているのは妻だった。

妻は物見遊山が好きだったが、家人への遠慮もあって、嫁いで来てからは数える程しか出歩いていない。私は妻がいないと不自由だから、側《そば》に引き付けていた。病後は全く手放す気がなかった。私の母も、身内も、それを良しとした。弟は妻が身内から非難めいた口ぶりで、

「病気の夫や姑を放ったらかして、自分一人で気晴らしに行くなんて、何てひどい嫁でしょうねえ」

などと言われては気の毒と心配して、誘いをかけられても大方は辞退させていたらしい。そんな中で、家事を放れての小旅行は、束の間の安らぎだったろう。

知人の誘いを受け、弟に付き添われて、歌舞伎見物に行く時のいそいそとした姿を見て、私は悪く勘ぐったが、本来なら夫の私が勧めて息抜きをさせるべきだった。あの小娘のような顔こそ、妻の本来の姿だった。

家のラジオで落語や謡曲を聞く力も失せた妻は、来客だけが楽しみとなった、と言っても

良かろう。妻には弟との共通の知人が多く、そのせいもあって来客が絶えず、その点は母より幸せと言えた。

◇

私はいつも、十二才年下の妻は当然後に残る、と思っていたが、これではどちらが先に逝くかわからなくなった。それ程までに妻は病みやつれた。

かつて、憎らしい程明るくて、健康で、器用だった妻を、私は束縛した。用事を言いつけ、八つ当たりした。妻の実家から何の苦情も言って来なかったのは、妻の口が堅かったからだ。親だったら愛娘の窮状を放ってはおかない。代が替われば親ほどには心配すまいが、それでも家庭内の暴力沙汰が妻の口から洩れたら、義兄も黙ってはいまい。

「嫁いで来た以上、婚家について口外しないのは当然だ」と、母も私も思っていた。弟は、それは立派な覚悟だが、時には友人知人に愚痴をこぼして気晴らしをしても当然だ、と思っているらしかった。例えば、最もわが家の事情を知っていて、口の堅いA夫人になら、構わないだろうと。にもかかわらず、妻は外では何も言わなかった。弟だけが愚痴の聞き手だった。だから怪しい仲にも見えたのだが、よく考えれば、妻の悩みを即時に理解して解決してやれるのは、外部の人間では駄目だ。弟しかいない。

ご一新の志士の娘らしく、妻は愛国者だった。その影響か、弟も戦争の詩を書いた。しかし、大本営がどんな発表をしようとも、戦争は生活に影響して来た。いざという時の荷物をまとめたり、電球を墨で塗ったりする日々が続いた。空襲の時など、弟は、私と妻と女中を抱えて、どうするのだろう。半身不随と言っても、私は釣りに出歩ける程度だが、妻は下手に扱えば命取りである。

脆《もろ》い妻を弟が連れ出せても、その後の事は予想がつかない。病人と戦禍と、不安が重なって、一日一日が緊張続きだった。その中で私は脳溢血になり、危うく一命をとりとめた。妻が倒れたのは、その後である。

妻は発作の時にも、弟を呼んで倒れた。そして、脳溢血で倒れた妻を、まっ先に発見したのも弟だった。二人が愛しあっていたからとか、以心伝心の仲だったとか、そんな事を言うつもりはもう無い。

私が健康だったら、妻は私を呼んだかも知れない。私のやるべき事を、弟がやってくれたのだ。私は妻の脈をとった。私が妻にしてやれる唯一の看護だ。弟はいたましそうに私と妻を見た。私は心の中で、「命の糸よ、切れるな、切れるな」と念じながら、妻の寝顔を見つめた。妻は私に脈をとられつつ、六十年の一生を終えた。昭和十七年の四月のことである。

妻を失って、家族は兄弟二人きりになった。女中もいて、不自由ということはないが、私の身の周りから細やかな心遣いが消えた。妻が生きている間は当然の如くに受け、いつかそれを失うとは思いもしなかった心遣いが。

私は妻の事をあれこれと思い出した。母と私の世話に明け暮れて、好きな絵筆を執るゆとりさえ無かった。弟と二人で草花の種をまくような、ささやかな楽しみで気を紛らせていた。うぶで、生真面目で、馬鹿正直で、少々ぼんやりしていて、E未亡人ほどの美貌ではないが、生来の善良さで輝いていた妻の顔が、眼前にちらついている。

思い出と共に私の胸は痛んだ。私は妻と弟に不信を抱き、弟と仲直りするようにとの妻の諫めを聞かず、妻の献身について全く感謝せず、どんな奉仕も当然と思い、自分の従属物として酷使した。

私自身、地獄の底をのたうちまわるような思いをしたが、根も葉もない不義への疑いで妻をいためつけていたとしたら、苦しんでいたのは私一人ではない。何をどうしても、すぐに怒り狂い、暴力をふるう私に、束縛されていた妻。あの妻に対して私の報いた所業の数々。

一方、弟は結婚を考え始めた。

「一家には主婦が必要です」

と言う。夢ばかり追っている奴と思いのほか、現実的な事を言うのだ。確かに、よその婦人を頼りにしてはいられない。

私の中のどこかで、又もあの言葉が響く。

「旧《アルテ》、新《ノイエ》。新《ノイエ》、旧《アルテ》」

弟はE未亡人と縒《よ》りを戻すのだろうか？と私は思った。弟が可愛がったEの長女は、親類同然に私の家に出入りしていたし、弟に母親との結婚を勧める口ぶりだった。しかし弟は首を縦に振らなかった。そこにどんな思いがあったか、私は知らない。

E未亡人はすでに老い、美貌も枯れた筈だ。一家のお祖母様として安定した彼女の生活を、昔の恋ゆえ乱すのは、本意でないと言うのか。

これまでも弟は、彼女の幸福について自信が持てなかったし、今では女王の頤使《いし》に甘んじるとも思えない。弟が彼女に寄り添うのなら可能だが、彼女が弟に寄り添うのは考えられない。それでも弟が彼女を選んで恋を全うするというのなら、私には何も言えない。

◇

弟は自分なりの結婚の条件を考えて、姪達に相談した。六十才近くなっての初婚だから、反応も様々だったらしい。

「ここまで独身を通して来たのに、何で今さら」

「やっとその気になられましたか、いや良かった」

「晩年近くなって結婚するなんて、苦労するに決まっていますよ。悪い事は言いませんよ」

などと、皆もっともな意見を言う。弟は亡き妻を一家の主婦として立て、支えて来たから、その辺も独身の理由だったかも知れない。

弟と姪達の話を聞くと、弟は、

「健康で、善良で、地味で、兄さんの世話をよくしてくれて、少しは話のわかる人が良い」

と言っている。あれほど「美」にやかましかった弟が、条件として「美」をあげなかったのは驚きだった。それはE未亡人より亡き妻に似たタイプだった。確かにこの家にふさわしいのはそういう婦人だろうが、弟が外見の美しさを諦めたのは意外だった。一体、弟の思うような婦人が、すぐ見つかるだろうか。

やがて姪の一人が、女学校以来の親友という婦人を連れて来た。背が高く、眼鏡をかけている。美女とは言えないが、見苦しい程ではない。弟はその人に何回か逢ってみて決断し、私に紹介した。E未亡人より亡き妻の方に似ている、と思った。良い人のようだ。晩婚ながら双方初婚で、釣り合いがとれている。

彼女はE家とも知り合いだったし、亡き妻や妹達とも無縁の人ではなかった。彼女の経歴や家族の話も聞いた。弟はそれを、「不思議のご縁」「八犬伝式因縁」と表現したが、彼女は私達と同じ交際範囲内にいたわけだ。弟はEの娘に、この結婚の話をする事を楽しみにしていたが、まだ知らせない内に、Eの娘は急死した。弟にとっても、秘蔵っ子と呼んだ娘に先立たれ、感慨があったろう。まるで冬芽が作られているのを感じて、その上の葉が散ってゆくかのような、奇妙な寂しさが残った。

過去を知る人は次々と消えてゆく。私の中であの言葉が響いた。そして私の中に、重く、深く、沈んでいった。

「旧《アルテ》、新《ノイエ》。新《ノイエ》、旧《アルテ》」

「兄さん、もう昔のあれこれは忘れて、仲良く暮らしましょう。二人きりの兄弟なんですから」と弟は心から言った。私は嬉しかったが、気が重かった。

私は脳溢血の後、釣りにも行けなくなり、より一層ものが言えなくなり、弟が朗読する新聞記事もわかりにくくなった。私が生来頑健だから、この程度で済んでいるのかも知れないが、老いと病いには勝てない。自分が弱ってきたのを実感する。

弟は私を看護する為に結婚を決意し、相手の女性も納得して覚悟を決めているという。すでに私は七十を越え、弟も六十に近い年だ。

弟は恋にやぶれ、独身を通し、晩年にようやく良き伴侶にめぐり会えたが、長年の看護と執筆の間に持病を抱えこんだ。弟自身も、ますます女手を要する日々が待っている。

今までは私の妻だったから、甘え放題に甘えて我儘にふるまってきたが、弟の妻となると、やはり遠慮するべきだろう。

これまでのようには自力で気晴らしが出来なくなったし、あれこれと考えると、亡き母や亡き妻の顔が眼前にちらつき、二人が私を手招きしているような妄想にとりつかれる。

私が健康で子供がいたら、妻も元気で生きていたかも知れないし、弟をここまで束縛しなかったろう。そのかわり、弟を理解しなかったかも知れない。

弟が口にする「道」など、偽善にすぎぬと私は嘲笑して来たが、彼も弱いなりに精一杯生きて来たのだろう。弟は、「家族制度が、個々の本来持っている愛情を歪めている」と言い続けて来た。

家長の私は、家族を抑えつけ、支配するばかりで、その心を理解しようとしなかったから、耳が痛いと言うよりも、戯言と見なしていた。私達は生き方の違う、仲の悪い兄弟だった。私は弟のささやかな成功を虚心に喜べなかった。それが私の失語症とはほぼ時を同じくしているので、なおさら喜べなかった。

病に倒れ、希望を失った私は、無明の闇の中でもがいた。生来、短気な私は、外面が良い分内面が悪いから、家族に人気がない。自分の家の中では気を抜くから我儘になり、家長としてどうでも家族を支配しようとあせるから暴力的になる。どこにでもある話だが、私はかっとなると抑制がきかず、酒癖も悪い。褒められたものではない。

虚弱で、嫌な事がある度に女女しく泣いていた弟が「道」などと賢しげな口をきくから、私は、

「今更、何の説教だ。男は外へ出れば七人の敵がいると言うだろう。外で気を使って、自宅に帰ってまで、不機嫌を抑制し、不平を腹に溜めて、何が楽しかろう。世の中はそんなに甘くないぞ。君子を気どって大人しくしていれば、押しやられる場合もある。正直に怒

る方が自分の意志がはっきり伝わるではないか」

と思ったが、過去を省みると後味は悪い。弟や妻にあらぬ疑いをかけて八つ当たりし、最高の教育を受けながら「半痴半狂」のふるまいをしていたのが情けない。自分の女女しさを秘して、弟の女女しさを目の敵にしていたのも情けない。

私が家長の座を下りたくないのと等しく、弟は家に戻って家政に与《あずか》りたくなかったろう。それでも帰宅したのは、妻の苦しみを少しでも減らしたい心、私や母が窮乏に苦しむのを見たくない心からではなかったか。

妻が弟を愛していたと仮定しても、私への献身に偽りがなかったとしたら、と私は自らに問いかけた。暴行を加えるばかりで、感謝も喜びも慰めも示さない私を、可能な限り愛してくれたとしたら、どうして妻を責められよう。私は何という仕打ちをして来たのか。この家の隅々にまで妻の手が届いていた。妻は私の生活を支え、快く過ごせるように気を配った。今、生活は支障なく続いているが、私の心には大きな穴が空いた。

妻は死んで「無」になったのだろうか。霊魂とか、あの世とかは存在するのだろうか。妻は私を置いてどこへ行ったのか。弟は私を慰め、自らをも慰めるように、

「姉さんは間違いなく極楽に行きますよ」

と言った。自ら省みて、私は極楽へ行けるとは思われない。ただ、寂寥の中で一人眠り、一人目覚めるのみだ。

弟は自分でも納得のゆく結婚を控えて、流石に嬉しそうだ。長い間我慢して私の世話をしてくれた弟に、何か兄らしい事をしてやりたいと思うが、日々の生活の総てに人手を借りる私には何もできない。改めて、妻がいてくれたら、と思う。

もう一度妻に会えたら、素直にこれまでの事を詫びて、やり直すことができたなら！

◇

弟の結婚式の前夜に、釣り日記の余白を使って、兄弟二人で筆談をした。生まれて初めて、と言ってもよい。私は弟の前で素直になれた。

自分がめっきり弱ったこと。妻の死がとても寂しいこと。よく釣ったものだという感慨と満足。酒が引き起こした愚行についての後悔。自分の弱点をさらけ出したのに、弟は私を馬鹿にしたりせず、一々頷いて、優しい言葉で応じた。私は嬉しかった。私はやっと弟を知ったのかも知れない。考え方も生き方も嗜好も違うが、同じように感じやすく、神経がぴりぴりしていて、癇癪持ちで、人の愛情に飢えている人間、私の唯一の兄弟であることを。

「もう釣りにも行けないし、物も一層言えなくなった」

とこぼす私を、弟が、

「練習すれば、回復しますよ」

と慰める。しかし、私の年令と体力を考えれば、無理だ。私も自分の事だから、悪くなった頭でよく考えたが、駄目だ。

弟は、家を出て転蓬《てんぽう》の如くさすらっていた頃も、妻の相談に乗っていたと告白した。あの頃の私は、弟を帰宅させまいとしていた。弟が私にとってかわり、すべてを奪うような恐れもどこかにあった。親戚の者達は、弟のことを
「こんな時こそ早く帰って、家を助けるのが務めでしょう。一体何を考えているんでしょう。不人情な」

と大っぴらに謗《そし》っていた。それを聞きつつ私は、

「あんな頼りにもならん馬鹿に帰って来られてたまるか」

と思う一方で、

「兄弟は他人の始まりというが、こんな体になった私を見捨てるのか。たった一人の弟なの

に、何と不人情な奴だ」

と思ったのも事実だった。義兄が弟のことを、

「任せるようにして任せれば、大丈夫です」

と言ったのは正しかった。妻や義兄を挟んでではなく、弟と相対で話して、弟は妻だけでなく、私や母のことを心配していたことがはっきりとわかった。私は、

「すまなかった」

と弟に頭を下げた。

弟夫婦と三人で暮らすのは結構な事だが、実は私も疲れた。体力も気力も落ちた。

このところ妻の夢をよく見る。愛とかそういう事ではない。そんな甘い言葉では説明がつかない。体の芯に大きな穴というか、空虚な部分ができて、周辺部がたえまなく崩れ続けているのだ。妻は若かったり、病みやつれていたり、一様ではない。夢がさめると、労《いたわ》りもせず、つらく当たってすまなかった、と後悔する。早く妻のいる所に行きたいという思いがつのる。妻に再会できれば、私の中の空虚さが再び満たされるだろう。

そして弟の結婚式の日に、私は心を決めた。昭和十七年の十月吉日である。

弟は私を邪魔者とは思っていない。むしろ私をよく世話する為に結婚するのだ、と言う。

しかし私は、亡き妻には甘えられても、弟の妻には甘えたくない。弟の新生活の重荷となりたくない。

むしろ、この私という重荷を取り除いて、まっさらな新生活に入らせるのが、兄としてなし得る唯一の祝いではないか。機会は今しかない。

弟は床屋に行った。その間に私は、新夫婦の為に鰻を二人前注文した。なじみの店の者は三人前でなく二人前と聞いてけげんな顔をしたが、結局、受けた。

「弟が帰って、驚き、悲しむだろうが、これが私から弟への餞のつもりだ」

と自分に言いきかせた。

「本当は、今、何かの発作が起きて、眠るが如く逝けたら、それが一番良いのだが」

と思いつつ、縄を掛ける場所を探す。その時に、私の耳元で、

「およしあそばせ、皆が悲しみますよ」

と言う声が聞こえた。忘れもしない妻の声だった。私は反射的に、

「今、行く」と答えた。

転

（1）末子の死

慣れている手付きで、夫の金一が脈をとっている。それを義弟の勘助が見守っている。しかし二人とも何もしない。と言うよりも、何も出来ないのだ。

そして末子自身も（苦しい、息が出来ない。ああ、これでお終いだ）と思う。

気がつくと、末子は天井から、動かなくなった自分を見下ろしていた。

夫と義弟が自分を呆然と見詰めている。医師が自分の死を告げている。

（え？　私はここにいるのに？　もう苦しくはないのに？）と不思議に思う。俄かには自分の死が信じられない。自分が自由になったのは感じるが、下で肩を落としている二人の事が心配になって、（まだ……死ねないわ！）と妙な事を思う。

医師だった夫は、脈をとっていたから、妻の死を実感している様子だった。健康な時の傲《ごう》岸不遜《がんふそん》さが嘘のように、悄然《しょうぜん》と肩を落としている。その夫を義弟が支えて立たせる。兄弟の後姿は見間違える程に瓜二つだった。

昭和十七年四月三日、末子は六十才、金一は七十二才、勘助は五十八才だった。

末子の遺体は清められて、棺に納められた。

花が飾られ、香が焚《た》かれ、会いたくても会えなかった親類知人が弔問に訪れる。末子は、

(ああ、勘助さん、何がどこにあるか解るかしら？　教えて上げられなくてもどかしいわね)

と思いながら、一部始終を見詰めている。

(あら、あの方が見えたわ。あの方も)と懐かしい人の姿に心が揺らぐ。

当然、全員が喪服で、涙を抑えきれない人も多い。そして人形のように動かない自分の遺体がある。喪服を着て肩を落している金一は妙に頼りなく見える。末子は出来る事なら、年齢差のある病夫に先立って死ぬつもりはなかった。だが、末子自身が病気になった為に順逆を言っていられなくなった。

読経の声に末子の心が安らぐ。親類の女性達が、金一と勘助を上手に助けて、葬式を進行させているのが見える。

(これで何とかなるわね。有難うございます)と末子は合掌した。

末子の遺体は焼かれ、遺骨は骨壺に納められて、中家の墓に入れられた。

葬儀が終り、親類の女性達は帰宅して、金一と勘助の兄弟二人が残された。

女中がいるから女手は足りるけれど、勘助の家事分担は大して変らない。末子の看病は終ったが、金一の看病は相変わらずだからだ。

失語症になっても、金一には大好きな釣りがあったから、それで自分も家族も救われていた。尤も、金一に釣り支度をさせ、弁当を作って茶道具も揃え、電車の行き先を書いた紙を持たせ、釣り場へ送り出せばそれで終りではない。釣果を持ち帰って家族で味わうのは結構だが、「釣り友達から聞いた情報が不確かなので聞き直したい」となると、厄介千万である。

金一は精一杯に伝えようとするが、末子も勘助も釣りの趣味はない。しようことなしに金一に付き合って、見覚え、聞き覚えているのだ。

それで、金一自身がうろ覚えの言葉を、不自由な口と筆談と解り難い絵で「解れ！」と言われるのだから、堪ったものではない。

最終的には、金一の釣り友達に手紙を書いて問い合わせるしかなくなる。

時には、勘助は木を削って、浮子《うき》を作らされる事もあった。

更に囲碁の相手もさせられる。勘助は相手が出来るから良いが、末子は囲碁の趣味は無いのに、否応なしに石を置かされる。金一の思うように上手に相手が出来る訳がない。自分の好みではない趣味に否応なしに付き合わされるのは辛い。加えて金一は短気で、弟の勘助に勝ちたい一心だ。

勘助は金一に新聞を読み聞かせる。時にはかいつまんで、金一の理解出来る事を話す。金一が健康をそこねて、大好きな釣りにも行けなくなったので、自宅で過ごす事が増えた。時間を持て余す事が多い金一の気が紛れるようにと、勘助は気を配る。金一が眠ると「われひとにとっての」極楽がそこに生じる。


かつては「地獄の道連れ」であった兄弟が二人きりになって、どんな風に暮しているかと言えば、勘助も角が取れて来たし、金一も母の鐘《しょう》と妻の末子を失い、自分も健康を損ねて随分と気弱になって、家長としての威厳よりも性来の小心さや善良さの方が現れて来た。

末子はそんな兄弟を見て、安心しつつも、いたましい気持だった。

勘助は作家であり、末子は勘助が文を書けるようにと気を配っていた。

金一が病に倒れた後の中家の家政を見て来たのは末子と勘助だったが、勘助の帰宅までのいきさつは、そうそう単純な話ではなかった。

末子は結婚後すぐに金一がドイツに留学したので、小石川の中家に同居していたが、二つ年下の義弟の勘助とは話が合った。勘助の一高・東大の友人達とも、自然に顔見知りになった。勘助は末子の実家の野村家の別荘に行って泊り、末子の父親とも親しく付き合っていた。

やがて金一が帰国して、夫婦二人で任地の九州に行った。本来なら甘く楽しい新婚生活の筈だが、金一はあまり優しい夫とは言えなかった。勘助は末子の手紙に涙の痕を見た。金一は勘助に対して暴力をふるう事が多かったが、勘助が成長した後は末子が暴力の対象になっていた。東大出の秀才で、出世コースに乗ったエリート学者で、月琴を嗜《たしな》む美男である金一が、家庭内暴力という悪癖の持主だとは誰も思わないし、末子も夢にも思わなかった。

金一は家長として厳格であろうとした。勘助は唯一生き残った兄弟だったが、生来虚弱な為に、家中で大事にされていた。最初は金一にも兄としての余裕があったが、勘助が成長するに従って「立身出世には縁遠い性格だ」と侮るようになって来た。更に、自分の言う事を聞かないのが気に食わなかった。ついでに言えば、勘助は両親の愛を争うライバルでもあった。

「たった一人の兄」の金一が、何かにつけて弟を憎んで、後見などしてくれないのを見てとった父親は、生前に勘助に家や借家等の財産を譲っていた。又、末子の父親は、生前に勘助に末子の事を頼んでいた。おそらく愛娘の結婚生活の実態を知った時に、生活力はともかく人間性と言う点では、最も頼りになるのが義弟の勘助であると見抜いていたのだろう。

そして一家の大黒柱の金一が倒れて失語症になった時に、末子の兄弟が勘助を名指しして、末子への協力を依頼して来た。家や借家を売り払って放浪していた勘助以外には中家の男は存在しなかったし、中家の親類達はその助言を受け入れるしかなかった。

勘助が帰って来た時、末子は金一に代わって勘助に挨拶した。自分も金一の被害者なのに、さながら自分が加害者のように勘助に詫びた。一人ではとても支え切れない火宅の苦しみを共に背負ってくれる人に対して、どんなに感謝しても足りない気持だった。それが勘助の「文を書く」事への協力に繋がった。

末子はその経緯を思って、じっと夫と義弟を見詰めていた。

（2）結婚の条件

赤坂の中家では、勘助が（いつまでも親類の女性達をあてにしてはいられない）と考えていた。まだ家中に末子の気配を感じているが、現実には末子はいない。

（一家には主婦が必要だ）と勘助は考えていた。末子が元気な時には、どれだけ気を配って、金一の世話をして、勘助が作家の仕事に打ち込めるようにしてくれたかを、今更のように思い出した。

（姉の代わりが出来る人はいないだろう）という思いと（私が結婚すれば済む）という思いが絡み合い「そうだ、私が結婚すれば良いのだ」と勘助は呟《つぶや》いた。

知人の誰彼に、勘助は結婚の意思を語った。勿論、金一の世話が最優先だった。

末子は（やっと勘助さんが、最後の決断を下す気になったのね）と安心したが、同時に、（でも、どんな人がお望みなのかしら？）と、心配にもなる。

勘助が出した条件は「健康で、善良で、地味で、兄の世話をよくしてくれる人で、少しは話のわかる人」と言うのだった。末子はそこに「美貌」と言う条件がないので、ハッとした。（長い事、病人の世話をして来ただけに、実際的で合理的ね。いつになく、勘助さんの決断も早かったし）と末子は呟く。（でもこの条件は、江木万世子さんではないわね）と思うと、奇妙な痛ましさと共に、一種の安心感が生まれた。

詩人である勘助が美しいものを好むのは、当然と言って良いだろう。「真・善・美」や、「四聖」つまり孔子・釈迦・キリスト・ソクラテスを理想とする時代風潮の中に育った勘助は、「形の美」と「心の美」を共に賞味するタイプである。

育ての母とも言うべき伯母は、博覧強記と、何でもちょいちょいとかじっている器用さと、勘助に対する無償の献身とで、他に変え難い人だった。幼い勘助は伯母の愛を空気のように感じて育った。

虚弱児だった勘助が、伯母の丹精の甲斐あって健康な少年となり、一高・東大に進んだ時に、色々な友人が出来たが、その一人が江木定男だった。

定男は、江木写真館の主人の江木保男の一人息子だった。父の保男は関家の長女の悦子を後妻に迎えていて、彼女の末妹が万世子だった。定男にとっては、万世子は継母の妹、つまり義理の叔母にあたる。

悦子から万世子まで、関家の姉妹は美人揃いだった。

万世子はその美貌の故に望まれて早々と婚約していたが、江木家に来て家事を手伝いながら通学していた。

江木定男にとっては、同年代の美女が一つ屋根の下にいるのだから、意識しない方がおかしい。義理の叔母と言っても、元は他人で、一才年下である。

定男と親しくなれば、勘助も万世子と顔を合わせる事になる。物言わぬ彫像のような美女に、美を愛する詩人の勘助が強く惹かれたのは当然である。

勘助は末子の実家の野村家の別荘に泊るようになった。その時に定男も一緒に泊ったが、万世子までも同行した。快活な定男とシャイな勘助と彫像のような万世子は、美しいトリオだっただろうが、万世子は定男の婚約者だという訳ではない。勿論、勘助の婚約者でもない。

この事を知った時、末子は（随分、大胆だわね）と思った。

万世子のような美女に勘助が恋をするのは、仕方がないと思う。そして勘助は万世子を太陽のように仰ぎ見ていた。

しかし、定男は万世子により近い存在だった。理由は不明だが、万世子は婚約を解消した。その後で定男は万世子との学生結婚に漕ぎつけた。

富裕な家の一人息子だから学生結婚も可能だったたし、加えて、新婚生活はかなり派手だったようだ。勘助は失恋した訳である。

恩師の夏目漱石が小説家に転向したのと、定男・万世子の結婚と、勘助が英文科から国文科に移ったのがほぼ同時期だった。この頃の勘助は、別の友人の山田又吉の所に行った。末子は山田を知り、勘助の為に山田に感謝した。

（でも、その山田さんも、病気やら何やらで、自殺してしまわれたのね）と末子はその頃を思い出して、本当に辛くなった。

（私は万世子さんを良く存じ上げている訳ではなかったわ。お付き合いと言っても、ごく差し障りのない、上辺のお付き合いだったわね。とにかく才媛で、ヘリオトロープの香水など付けて、夏目先生の作品の中の美女そのもので、私など太刀打ち出来ない方でしたわね）と末子は呟いた。

末子は金一を「素敵な方」と思って結婚したが、結婚生活は自分の考えているようなものではないのに気が付いた。しかし愛の有無はおいて、夫は夫だった。

勘助については、あくまでも義弟だった。しかし、同居している少年が非常に繊細な神経の持ち主であり、妙に抹香臭いかと思えば激情家でもあるのに気が付いた。草花の世話をしながら、姉と弟として、様々な事を語り合った。

勘助は実に不安定な少年だったたし、虚弱さ故に甘やかされた子供だった。

金一が殊更に男性的であろうとするのと対照的に、勘助は女性と話し合う事に違和感はなかった。両親や姉妹の愛情に囲まれながら、勘助は愛に飢えていた。それは肉親愛よりも、価値観を同じくする者の愛を求める孤独だった。


新来者の末子は二才年上の兄嫁だが、純真で親切な人柄だった。

勘助は、最初はさほどに思わなかったのだが、自分の悩みを真っ正直に受け止めてくれる末子に驚いた。両親も姉妹も「それは考え違いだ」「私達の言う通りにしなさい」『世の中はそういう物なのよ」と言って済ませようとする事を、元は他人の末子が「ええ、そうですわね」「でもそれじゃあいけません」「そんな事をしたら、大変な事になりますよ」と言い聞かせて諌《いさ》めるのである。

お節介といえばお節介だが、同じ言葉でも言う人によって印象が違う。末子の言葉には心からの善意が籠《こも》っていたし、勘助はそれを感じ取った。

〈ええ、勘助さんは不安定だったわ。でも、私の忠告を素直に聞いて、悪い道に踏み込むまいとしたわ。私がいなかったら、勘助さんはどんな人になっていたでしょう。考えるだけでも身の毛がよだつわ）と末子は思い出した。

勘助の方でも（私が道徳的に癩病《らいびょう》患者のようになっていても、この人だけは私に手を差し伸べてくれる。姉はそういう人だ）と感じ取っていた。

二人は姉と弟として、心が通い合う知己となって行った。

そういう末子から見ると、万世子という女性は、性格も違い、生き方も違うのは当然であるが、勘助以上に不安定な存在だった。

（3）中絶えた恋

金一が夫で、勘助は義弟だから、末子は常に勘助と共にいた訳ではない。

増して勘助が東大を卒業する同時期に金一が発病して、あろう事か失語症になってしまったのでは、末子にとっては金一の看病が最優先する。

だが、自宅で病床に伏している勘助の部屋に、金一が犬を連れて踏み込むようでは、兄弟が一つ屋根の下に住む事は不可能だった。

勘助は家を出て、シューベルトの歌曲「冬の旅」さながらに放浪して歩いていた。勘助は自分の家や借家を売り払ったが、生家の為でもあったようだ。

その中で勘助は恩師の夏目漱石の推薦を得て「銀の匙」を朝日新聞に発表する。「うそやまことの古い追憶」と勘助は言うが、これで勘助は作家デビューを果した。勘助の独特の美文は、かなりのファンを掴んだ。（韻文では食べていけない）と自覚していた勘助は、散文で生活して行こうと考える。

近県を放浪していた勘助が、東京に住み着くようになり、江木定男と再会して、江木家を訪問するようになった。

万世子は妙子と、双子の文彦と武彦との三人の子の母になっていた。今や万世子は美貌の名流夫人だし、夫の定男とは「泉鏡花」という共通の趣味で結ばれているし、望む物は何でも与えられて、富裕な生活を十分に楽しんでいた。かつての「彫像のような美女」とは全く違った、明朗快活な印象を受けた。

だが、万世子が勘助の仮寓に一人で来て「本当は貴方が好きでした」と言った時には、勘助の脳裏には「やっぱり」と「今更」が錯綜した。

勘助は（顔で振られた）とは思っていなかっただろう。

むしろ、定男の快活さや富裕さに引き比べて（自分はそこまで富裕ではないし、陰気な性分だし、ぐずで決断が遅かったし）と、そちらに理由を探していた。勘助は卒業して就職してから万世子に結婚を申し込む事も考えたかもしれないが、二人にさっさと学生結婚をされたのでは、もう遅い。

加えて定男からは、万世子が望んだ結婚で、「彼女は喜んで泣いている」とまで言われたのだ。今にして思えば、例え友人でも最大のライバルである勘助を諦めさせる為に、定男がわざとそう言ったのかも知れない。

悦子が「いくら何でも。一つ屋根の下にいてこうなったように思われては」と渋って反対したかもしれないし、万世子が「他の方が嫁いで来られては、お姉様のお立場が弱くなるんじゃなくって？」と言ったかも知れない。

シャイな美男の勘助の抹香臭さに、万世子は「やわ肌の熱き血潮に触れも見で寂しからずや道を説く君」に似た思いを抱いたかも知れないし、更に（何だって勘助さんは結婚なさらないの？　まさか、私に失恋したから？）と思ったかも知れない。万世子については、「少女の無心の誘惑」よりも「自分の美しさを知り尽くした女の自信」と言う印象が強いのだ。

しかし、いくら告白されても、夫の定男が生きていて、三人の愛児がいる。恩師・夏目漱石の小説とは事違って、何不自由ない生活を満喫している元恋人を奪い返してどうしようと言う気にはなれない。勘助は万世子の告白には答えられないまま、彼女を帰した。その事については、末子は（当然だわ）と思う。

その後で万世子が重病と聞いて、勘助は見舞いに行った。（これが見納めかも知れない）と思えば、勘助もそれ位はするだろう。

しかし、万世子は生き延びた。そして数年後に定男が亡くなった。万世子は悲しみを抑えたりはしなかったようだ。夫は夫として愛していたのだろう。

定男の生前から、勘助は江木妙子に興味を示した。勘助は元から子供好きであり、幼少時には女友達と遊び慣れていて、妙子と遊ぶのには無理はない。

友人と恋人を両親に持ち、そのどちらにも似た少女には、他の子供とは一味違った可愛さがあった。勘助には小児性愛の傾向はないのだが、妙子に対する時だけは、光源氏が藤壺に生き写しの姪の紫の上に執着するような異様さがある。勿論その行動は、妙子も異様に感じていたのだが、一面では、この「奇妙な恋人」は、親も正面切っては叱れないと言う事に気が付いて、わざと自由奔放に振舞ってもいる。勘助は、万世子はもう手出し出来ない存在として「中絶えた恋は蘇らせてはならない」と自分に言い聞かせ、妙子とは「同じ恋を二度する」ような楽しみを味わっていたのかも知れない。

しかし妙子が成長すると、勘助は夫ではなく、父親代わりを選んだ。

（そりゃあ、いくら親を見て性格が解っていると言ったって、年齢差は親子ですものね。妙子さんは父親譲りの心も持っておいでだけれど、母親譲りの不安定さも持っておいでです。それに、ここのお家は老人と病人ばかりだし、私は勘助さん一人が頼りだったし）と末子は思い返す。

（4）火宅の戦友

末子は夫の金一が暴力をふるった時に、勘助がわが事のように同情してくれた事を思い出す。勘助の繊細な神経が耐え切れなくなって、残酷なまでの言葉の暴力で末子を傷付ける事もあったが、常に末子の味方だった事を思い出す。

色々な提言も、末子からは到底言い出せないし、受け入れられないが、勘助からならどうにか通った事を思い出す。自分が病気に倒れた時には、勘助が優しく看護してくれた事を思い出す。小石川の家を岩波茂雄に売って、赤坂の家を買い取って、家政を勘助と末子が受け持って、車の両輪さながらに働いて、それでも親類の目は厳しく、姑も疑い深かった事を思い出す。勘助は末子にとっても「地獄の道連れ」だったが、二人には戦友愛とでも言うか、固い絆が出来上がっていた。それはある意味では夫婦以上の絆だった。

末子はいつも「姉と弟」というだけの心で勘助を見ていただろうか？

時には自分の心を覗いて、勘助への恋を自覚していたかも知れない。


勘助は極上の「形の美」を江木万世子に見た。名流婦人の写真集の中でも、万世子の美貌は一際目立っていた。「彫像のような美女」に勘助は憧れた。

しかし、江木家に出入りして、万世子という女性の本性を見た時に（彼女は最初の印象とは違う女性だ。自分は彼女の望むような事はしてやれない。経済的にも不可能だが、芸術方面でもそうだ）とはっきりと気が付いた。勘助には「絵に描いたような美男と美女の恋物語の幸せな結末」は考えられなかった。

未亡人になった万世子は（夫には十分に尽したし、残りの人生は長いし、勘助さんは独身で、他の友人達が訪ねて来なくなっても変らずに来てくれるし、再婚には支障はない筈だわ）

と思い、再婚をほのめかし、承知しないのを恨む。あれやこれやと訴え、懺悔する。勘助は聞いてくれるが、そこまでである。

妙子は勘助なら自分の父親になっても大丈夫だと思い、万世子との結婚を勧めるが、勘助は「道」を語る。自分の内なる様々の煩悩を、どうにか自分の思い通りにコントロール出来るようになったという事が嬉しいのだ。

同じ土俵の上にいる男なら、帯を締めかけて微笑する美女の気品ある色気にぐらりと来るだろうし、豪華な衣装を着こなして孔雀の羽根を広げて見せる絶世の美女に惚れ込むだろうが、「道」は別次元である。

「私はこういう道を歩いているのですよ」と勘助が語れば、「ご立派ですわね」と安心もするが、はぐらかされた気にもなる。勘助の「道」について、万世子はどれだけ理解していただろうか。

末子は勘助の精神的な不安定さを支えて来たという自信を持っている。

勘助の作品についても末子一流の見方をしている。末子は一種の私設編集長で、勘助の作品としての出来ばかりではなく、勘助の内面も読み込んでいる。そして末子の採点は厳しい。

勘助は度重なる末子の批評を高く買うようになった。

当然、勘助の「道」については、末子は同行である。

又、中家の家政と言う共通の場があり、互いに助け合って仕事が成り立つ。末子の実家が勘助を名指しで依頼した以上、勘助は家から手を抜けない。

既に「お祖母様」として江木家に鎮座している万世子が勘助と再婚したら、中家の病人の看護も考えなくてはならなくなる。もしも勘助が万世子を愛していたら猶の事、万世子に骨身を削る介護はさせられない。

そして勘助が独身だからこそ、末子も遠慮なく頼み事が出来たが、勘助が結婚して家庭を持ったら、末子は遠慮して中家の家政の大部分を自分でかぶろうとするだろう。末子の負担は倍加し、最終的には末子を潰してしまう。

結局、漸く確立したこの生活を変える事は、勘助には不可能だった。

末子もそれを知っているし、それでないとやって行けなかったのだ。

（万世子さんも蛇の生殺しでお気の毒だけれど、勘助さんにその気が無かったら、無理を言わない方が良いのにね。勘助さんもちょいちょいと江木さんに顔出しをなさるから、誤解なのか正解なのか解らなくなるのよ。本当にお人好し過ぎるんだから！　確かに万世子さんは、四十二才で鏑木清方先生の「築地明石町」のモデルになるような、年令を越えた美貌の方ですもの、見ている分には楽しいでしょう！　何にしても、万世子さんって方は普通ではないわ。それこそ泉鏡花好みの妖しい美女だわ。嫌だわ、私、嫉妬しているのかしら？）と末子は呟く。ある意味では末子にとって、勘助は自分の作品だった。

（私は玉の原石を発見して、切磋琢磨して来たわ）と言う実感がそこにあった。

（勘助さんは私が磨き上げて来た作品です。勘助さんの本当の値打ちを、万世子さんは理解しているのかしら？　再婚したいだけなら、他にも立派な殿方がいらっしゃるじゃないの？　勘助さんはこの家にとっても、私にとっても、無くてはならない人なのよ！　ええ、そうだったのよ！）と末子は勘助を見る。

勘助にとって、金一が地獄の道連れならば、末子は同じ道連れでも火宅の戦友だった。そして時には、末子の親身な献身が「恋」に近く感じられもした。

万世子の結婚願望は明白だったが、末子の恋は姉弟の枠の中に抑えられていた。

（5）白羽の矢

嶋田和子にとっては、これは思いがけない展開だった。

女学校以来の親友の間文枝に、「叔父様」こと中勘助に引き合わされたのである。

端正な容貌や物静かな雰囲気に、強い印象を受けた。体の不自由な兄の金一がいて、先日義姉の末子が亡くなったばかりだから、静かな家の中には、長年病人を抱えている家に付き物の、薬の匂いが漂っていた。

和子には（この人が「銀の匙」の作者なのね）という程度の知識しかなかった。

しかし背が高く、堂々としていて、いわゆる文士タイプの自由奔放さや無頼さが感じられないのに安心感を抱いた。

和子の、中勘助についての第一印象は「素敵な叔父様」と言ったところだった。

訪問の後で「実はね」と文枝の打ち明け話になった。

それで、その素敵な叔父様が、五十八才にして初めて結婚を考えているのだが、「貴女、どうかしら？」と打診されて、和子の胸の内には、驚きや嬉しさが混じり合った感情が湧き上がって来た。

「五十八才にもなって、何を今更、って言う身内もいるけれど、私は叔父様がやっとその気になって、良かったと思っているわ」と文枝は笑った。

年齢差は大きいが、初婚であるし、身辺は綺麗だ。いわゆる愛人はいないらしいから、それが何よりだった。

「結婚する気がなかったからしなかったので、結婚する気になったからするんだ、ですって。いくらその気があっても出来なかった、とはおっしゃいません」と文枝が笑う。

（本当にそうだわね）と末子は思った。

「そうだわねえ、五十八才までには、色々とおありだったでしょうねえ」と和子が当り障りのない事を言う。

「大丈夫よ。今は本当に必要に迫られていますから」と、内緒話になって行く。

末子は（文枝さんの親友？　初めての方だわね。地味な感じね）と見守っていた。

和子は自分が美しいとは思っていない。当時としては背も高過ぎた。

加えて、和子は学び教える事が好きではあったが、父親の正武が三人の娘達を愛する余り、石橋を叩いて渡らずで、どの娘も嫁がせる決心がつかずに来たのも事実である。和子は三姉妹の長女である。

和子は（初婚同士だけれど、あの素敵な叔父様に比べて、私は美人ではないし、釣り合いはどんなものかしら）と少し気になった。


間文枝は、勘助の結婚の条件を聞いた時に（それは末子伯母様の条件だわね）と直感した。（そこには美人という条件はないのね？　つまり江木万世子様は候補に入っていらっしゃらないのね？）とも感じた。

美を愛する詩人の勘助が「美」を条件にしなかった事で、文枝も末子と同様に、江木万世子を強く意識した。何と言っても、年令を感じさせない美貌の女性である。勘助が江木家を訪れる事も、猪谷妙子が娘同然に連絡して来る事も、中家では珍しくなかったから（万世子様は当然、候補に挙がる）と思っていたのだ。それが外れたので、文枝は和子に白羽の矢を立てたのだろう。

勘助が五十八才まで独身で来た以上、江木万世子だけではなく、色々な女性の名前が周辺に浮き沈みするのは、不思議でも何でもない。

勘助の友人の野上豊一郎の未亡人、野上弥生子も、勘助に対して「単なる好意以上の気持を抱いている」と言う噂だ。弥生子は良妻賢母と言うだけではなく、男以上の文才を持つ女流作家である。

別の友人の安倍能成の夫人、安倍恭子も、勘助に恋した女性である。彼女は「厳頭之感」を残して華厳の滝で自殺した藤村操の妹である。

皮肉な事に、後年、勘助の母が恭子について「ああいうお嫁さんが欲しい」と漏らした。恭子は又、末子にとって気の置けない友人でもあった。

(本当に、世の中はままならないものね。勘助さんは平塚に避暑・避寒の為のお家を建てて、普段は留守番役としてそこで執筆していたのだけれど、勘助さんが「家婢」と言った時には、国者のお婆さんを考えていたのかも知れないわね。気を利かせて、奥さんにしても良いような人を世話して来た方がいらして、あれは勘助さんにしたら、本当はどうだったのかしら?「文士は無頼の徒だ」なんて見られる時代だから、手を出す事を予想したかも知れないわね。でも、そんな魂胆が見えたら、逆に「その手に乗るか」とムキになる人だわ。かと言って、彼女には欠点はないし、帰せば角が立つから「主人と女中だよ」と厳しくしたんじゃないかしら。女中だと言っても、同居人が病気になれば勘助さんは看病するわ。でもそれは「道」なのね。行儀見習いと言う口実だったけれど、普通は行儀見習いと言えばもっと若い人だし、私に付けるのが常識だわね。結局、勘助さんは「道」を貫いて「家婢」で押し切ってしまったわね。彼女は主婦だけれど妻ではない、強いて言えば家政婦かしら？　きっと、中途半端な気分で暮したんでしょうね）と末子は思い出す。

子供のいない金一夫婦が勘助を相続人にしなかったと言う事は。弟養子という選択肢を取らなかった訳である。一人の女性を正式の妻ではなく女中として付けるのは、勘助にとって、一人前ではない部屋住みの扱いではなかったか？

勘助が平塚の家を売却した時、彼女は「家婢」のままで家に帰って行った。

その時々にはそれが良い方法だと思っていたが、今の末子には何とも言えない。

どの女性も良妻賢母として相応しい人だっただろうが、勘助の近くに極上の「形の美」の万世子がいれば、つい見比べてしまうだろう。彼女は普段の所作も美的であり、筆を採って短い文も書く。「高野聖」の妖しい美女のような万世子が結婚願望を露《あら》わにして縋《すが》るのだから、彼女を断って他の人と結婚すれば、江木家との関係は変る。その時には猪谷妙子との関係も変るかも知れない。

金一の看護を覚悟で結婚しようとする女性がいても「私と結婚する以上、少しは話の解る人の方が望ましい」と勘助が望めば、どうしようもない。そして勘助にとっては最高の「心の美」の末子がいれば、どの女性も見劣りするだろう。

つまり勘助は最高の女性達に囲まれる幸せと、その誰とも結ばれない不幸せの中で暮していた訳である。


和子は猪谷妙子の同窓生で、かつては葉山で遊んだ事もあった。又、双子の弟達は、大学で和子の叔父に学んだ事があった。

一方では和子は東京女子高等師範学校（＝お茶の水女子大）卒だから、江木万世子の同窓の後輩と言う事になる。他方では和子は末子と絵の同門でもある。

末子の父は長州（＝山口県）出身の維新の志士で華族だったが、和子の実家も長州出身だ。色々な関係を辿れば、これまで中家と嶋田家は直接の付き合いはなかったが、同じ水準の生活圏内にいた事になる。

和子は、万世子の美貌・弥生子の文才・末子の理解と献身を思って自信喪失しかけたが、

（でも何と言っても、妻にと望まれたのは、この私なんだから）と言う所に落ち着いた。

（6）婚約成立

「双方化けそうに年をとったうえに、見る影もなくなったところを見合って、まあ我慢しようということになったのだから、まず大丈夫だろう」とは勘助の言い草だが、二人共に家族の看護で疲れて、若さの持つ輝きを失った代わりに角が取れて、ありのままの人間として付き合える人柄になっていた。加えて芸術的な方面に共通の話題があり、仲立ちの文枝が勘助の著書を和子に貸した事も双方の理解を深めたようだ。

「もう延ばす必要はないから、早く話を進めたい」と和子が言い出す。

「そんなに早まって、もし私が狸の化けたのだったらどうします」と勘助がからかうと、和子は「狸の化けたのでもいい」と、冗談半分にしてもかなり本音で対応してしまった。

勘助は「化けたほうでたじたじとなる」と言いながら、文枝には「出来るだけ早く、話を進めて欲しい」と伝えた。

しかし、当人同士の気持を固めておいてから親に話そうと言うのだから、当時の常識としては順序が逆である。年令から言えば、既に孫がいても不思議はない分別盛りには違いないが、双方初婚である。

和子の父親の嶋田正武は、軍人上がりの頑固者で、「石橋を叩いてなお渡らず」の慎重居士だ。婚期を逸した娘をさっさと縁付けて胸を撫で下ろす親ではないから始末が悪い。それでも娘の身を案じて正武は勘助についての情報を求めた。

しかし金一の発病に続いての家財の整理、親戚間のトラブル、平塚の家での留守番生活、母・兄・義姉の看護等の事情から、勘助は長い間、親戚付き合いらしい事をして来なかった。家を任された時には、勘助を自分の思い通りに出来なかった親戚に悪評を振りまかれた。文枝が親戚間の事情をどれだけ知っていたか、不明である。知っていてもいなくても、「私は叔父について良く知らないんです」と言う方が無難である。

和子は他の知人に勘助について尋ねて、良い返事を得た。

一方、正武は勘助の著書を読み、勘助が江木妙子を可愛がる所に打ち込んで、「今度こそ私の心は決まった」と喜んだ。

勘助は幼い江木妙子を溺愛していた。「中勘助という人は男女を問わず子供好きな人で、殊に可愛い子には目がない人だ」と思っていても、この一時期の勘助の言動には、少々危険な臭いがある。妙子もその異常さを感じ取って抵抗したり、わざと一緒に自由奔放に振舞ったりした。勘助は「奇妙な恋人」から「何でもぶちまけられる叔父様」に変化して行く。そんな危険な臭いが生々しい時期の随筆の表現については、非難する読者がいても不思議はないが、同じ文を読んで「そのために大事の娘をくれる人もいる」のだから、「世は様ざまだ」と勘助が驚く事にもなる。

末子は（あの時には「いっそあの人に上げてしまえ」と言った気分だったわ）と、勘助が平塚に住んでいた頃を思い出していた。

（だって、金一さんと同居していては、勘助さんは執筆が出来ないわ。でも、私の体は一つしかないんだもの。勘助さんは小さな家と散歩道と善良な家婢が望みだったわ。だから住み込みの女中さんを付けようと考えたら、ちゃんとした家の娘さんをと言う話になってしまって。私も会って見て「二人が一つ屋根の下で暮して、その内に上手く行けばそれでも良いんじゃないの」って、自分自身にも言い聞かせて決めたわ。勘助さんはもっと違う人を望んだかも知れないけれど、黙って引き受けて、彼女を厳しく躾《しつ》けていたわ。それはまあ、一緒にいれば良い人だと解るでしょうし、彼女は勘助さんが気に入っていたからこそずっと平塚にいたんでしょうね。でも、勘助さんに結婚する気がないと解ったら、さっさと他所に嫁ぎ先を見付けて上げるべきだったわ）

しかしこの「転地」さえも、勘助には「蝋燭《ろうそく》を両端からともす」ような生活だった。それが末子にも過重な負担になると、勘助は平塚の家を棄てた。彼女とは未練もなく別れて末子の側に来た。

病気を口実にする気はないのだが、思い切った筈の恋が、生気を取り戻した。金一は何の世話も出来ないし、末子は勘助の看護を受けるのが嬉しかったから、子供に返ったように勘助の看護を受けていた、それも、もはや思い出である。

（今度の方は、どんな方かしら？　金一さんの看護が出来るのかしら？　勘助さんのお話し相手になれるのかしら？）と末子は和子を見た。

春に末子を失い、その代わりの主婦が勤まる女性を探して、ようよう秋に挙式という所まで漕ぎ付けたのは、普段は慎重居士の勘助にしては上出来だった。末子はそんな勘助を見て（平塚の人は、勘助さんにとっては、女中で悪ければ家政婦だったのね。「何もかも心得ていて便利だから、そのまま結婚する」という気持には、全くなれなかったのだもの）と実感した。

勘助は嶋田家に行って、和子の両親や妹達にも会い、「北欧型顔回」のあだ名を貰った。妹の豊子と秀子は長姉の和子に「こういう人と一緒になるなら、三日で死なれたって良いじゃない」とまで言った。

和子は挙式前から、中野の嶋田家から赤坂の中家に通って、金一・勘助兄弟の身辺の世話を始めていた。そんな折の雑談の中で、両家の「八犬伝式因縁」が明らかになって来た。

元々、価値観や趣味が近いからこそ、文枝が「叔父様にはこの方はどうかしら？」という話になったのだが、同藩・同窓・親戚・知人に共通部分が多いので、勘助は「『偶然』は面白くもまた怖いように、目にみえぬ蜘蛛の糸を張っているものである」と実感させられた。中でも妙子達との色々な繋がりを聞いた時には、勘助は「妙子には不意に打明けて驚かしてやろう」と思った。

末子は（その気持は解るけれど、喜ぶとばかりは思えないわね）と呟いた。

(7) 切れた絆

勘助にとっては、万世子よりも妙子の方が気楽な存在だったと思う。

万世子は「彫像のような美女」「太陽のように眩しい存在」だったが、友人の江木定男の妻になり、三人の子の母となって、最初とは印象が変った。美貌は変らないが、知り合って見ると「性格的気質的に生活の感情が殆ど背中合わせ」だと気がついた。「私の現実的環境には彼女のロマンティシズムを容れる余地がない」と分析して、「私の憧憬をそそったのは呪縛された彼女だった」と気付く。

つまり万世子の外見は好みだが、内容は違っていたのである。

江木定男の病死は大正十一年だったが、同年に江木写真館は会社組織になったから、姉で姑の悦子のように店の経営と育児を両立させる苦労はなく、万世子は家事・育児に専念していれば良かった。

定男の一高・東大時代の友人達は、仕事上の関係でもない限り、結婚し就職するにつれて足が遠のくのは当然だし、友人本人がいなければ、尚更である。

遺族が余りにも我儘なので足が遠のいたと言う声もある。

息子達は美しい母が自分達の為に再婚しない事を喜んだ。

万世子未亡人の飛び抜けた美貌は目に快くても、性質や神経は別だったかも知れない。彼女にその気が無くても、色めいた願望を持ったり、醜聞を恐れたり、荷が重いと感じたり、面倒臭くなった人はいただろう。

友情に篤《あつ》く、遺児達を心配して来る勘助の訪問を、他人も万世子自身も、（それは万世子への思いでは？）と勘繰《かんぐ》っただろう。そして勘助も「中絶えた恋は蘇らなかった」としても、悪い気分ではなかったと思う。

勘助は良く言えば慎重、悪く言えば意気地無しの人見知りで、幼少時から女王的な女性に振り回され易い。そして万世子と妙子は「奔放な性質と切れかかった弦みたいに響きやすい神経」で勘助に対していた。正に女王的な母娘に対して、勘助は「親子二代の懺悔僧」と巻き込まれ型の口吻《こうふん》である。

だが、それでも妙子の方は、男ではなく、父親代わりの人生の先輩であれば良かったから、それだけ楽だったろう。

（妙子さんは、結構鋭く突っ込んで来る事もあったけれど、勘助さんにとっては、可愛い秘蔵っ子・可哀想な子だったから、ゆとりがありましたわね）と末子は思う。血の繋がりがないのに「おばさま！」と呼びかけて来る妙子を、末子も可愛がった。だが、妙子は勘助に「お母様と結婚なさいよ」と言った。

勘助は万世子との結婚を望んで江木家に行く訳ではない。（万世子との間はここまで）と心に定めている。しかし「道」を語っても理解する人ばかりではない。身近な若い娘達からは「おじさまはあんまり偉いから、私達には解らないわ」と言う精一杯の頼りない答が返って来る。妙子もどこまで理解していたものか。

妙子は成人して結婚して母親になり、両親と勘助の関係を理解した。

一方では勘助は自分の作品「菩提樹の陰」の中に、失った恋と、母を無くした娘に対する父親の粘っこい愛を書いている。しかもこれは妙子の為の作品だ。

他方では妙子が、お気に入りの小説の中でのハッピーエンドに感動して（万世子お母様と勘助おじさまも幸せになれば良いわ。勘助おじさまなら結婚しても私のお父様になれる人だし、それですっきりするわね）等と考えたものだろう。しかし、長年付き合っても勘助にはその気もない。

勘助も妙子も、万世子抜きで会う方が気楽だったろう。妙子が勘助にあれこれをぶちまけるのは、夫の公認だった。二人は父と娘のように、自然に、自由に交際していたから、万世子は、娘に恋人を奪われ続けている感じかも知れない。

しかし又、勘助への思いの理解者の妙子は、勘助との一番強い絆でもあった。

その妙子が、母の万世子や祖母（＝伯母）の悦子に先立って亡くなるとは、誰も予想しなかった。死因は急性胆嚢炎だった。万世子にとって、妙子の死は逆縁の辛さであり、勘助との絆が断ち切られる衝撃でもあった。

勘助は妙子の葬儀に出席した。妙子の娘達は、母同様に勘助に懐いていたが、あれほどの親密度はない。長女洋子は、妙子が父親に死別したのと同年で母親に死別した事になる。

しかし勘助とその娘達との関係は一段階遠くなっていた。

勘助の結婚は、予定通りに着々と進められていた。

悦子と万世子が、その事をいつ、誰から聞いて知ったのかは、知る由もない。

末子は痛ましい思いで、まだ若い妙子の死を見詰めていた。

(8) 金一の死

嶋田正武は、和子に「執筆中には茶をもっていってもそうっとおいてくるよう」「食事の用意ができても仕事の最中によびたてたりしないよう」「あまりつましくして恥をかかせないよう」「食べ物がむずかしいだろうから心をくばるよう」「女の嫉妬はとりわけ見苦しいものだからくれぐれも気をつけるよう」等々、あれこれと助言したが、世間の文士型とは余程違う勘助にとっては、それは有難くも見当違いの言葉であった。ともかく勘助は、石橋を叩いて渡らない父親の「口述試験に合格した」のである。

ついに伴侶を見付けて、幸せである筈の勘助は、食中りに衰弱も加わった状態で、床についたまま十月十二日の式日を迎えた。

兄の金一に「床屋に行って来ます」と言い置いて勘助は家を出た。行き当たりばったりの床屋で髪を整えて帰宅すると金一が死んでいて、しかも自死だった。勘助は式を延期するべきかと思ったが、仲人役の間氏の意見に従って、兄の喪を秘して式を済ませる事になった。

ほんの内輪の人数での式であり、勘助は平静に人々と談笑した。和子は赤坂の中家に帰って、初めて事情を聞いて泣いた。結婚式は直ちに葬式に続く。

金一は死の前に、新夫婦の為に鰻を二人前頼んでいた。これも涙の種だった。

「何だってこんな事をなさいました？　昨夜はお二人で、本当に仲良く話し合っていらっしゃるのを見て、私も肩の荷を下した気分になりましたのに！」と末子は金一に言った。

「私も肩の荷を完全に下したかったのだ。お前が止める声を聞いて、却ってその気が強まったらしい」と金一は答えた。

「和子さんは本当に貴方をお世話する気だったのですよ！　気を悪くされるでしょう？　例え、一日でも……」と末子は呟いた。

「一日生きていれば、もっと生きていたくなる。私は体がどんどん不自由になり、何も出来なくなる。勘助がやっと気に入った妻を見付けたのに邪魔をしたくないし、本当の事を言うと、お前に代わる人はいない」と金一が言った。

「仕方ありませんわねえ」と末子は頷いた。

「世話をしてくれる様子で、和子は良い人だと解った。ちゃんとした家の娘で、勘助と話も合うようだ。もう心配はいらない」と金一が言った。

「考えたら、勘助さんはお仕着せではなく、自分で一番良い方を選んで来られたのですねえ。文枝さんもよくまあ、こんな方を見付けて来られました」と末子も頷いた。それは実感だった。（どうしてこれまでこの人が見付からなかったのだろう？）とも思ったが、（ああ、平塚の時には、勧められた方を見て、まあまあこれならと思ったので、もっと良い方を探そうと言う気はなかったし、全然私達の気持が違ったのだわ。私達は勘助さんの妻を探したのではなく、家政婦を探していたので、「なし崩しに手を付けても良いような人を」と言うのは、中途半端な話でした。二人のどちらにも失礼なお選びでした）と気が付いた。

「あんなに泣いて。気の毒な事をなさいました」と末子が金一に言った。

「どこか、お前に似ている。柳の下の二匹目の泥鰌《どじょう》と言っては悪いが、勘助も中々上手くやった」と金一が呟いた。


金一の死によって、勘助は「結婚の目的の大半を失った」と思うが、自ら和子を伴侶に選び取った事については悩まなかった。

勘助にとっての家庭とは、老母の鐘《しょう》と、病兄の金一と、義姉の末子を助けて、存続させて来た中家だった。

家族制度を呪いながら、各人に対しては愛情を持ち続けていた勘助は、末子と勘助を素直に信頼して死んだ鐘・病躯に鞭打つようにして中家を支え続けて死んだ末子・勘助と和子の結婚を肯定しながら自死した金一の死の度毎に、解放感と共に身の皮を剥がれる苦しみを味わって来た。

最後の開放が予想外の早さと不自然な形で来たので、勘助の心には深い傷跡が残った。勘助は「孤独凡愚の生き残り」と自分を観じ、新妻の和子には「死に水をとってもらうためにおまいをもらったんだよ」と冗談半分に言う事も度重なった。兄との不幸な生活が終って、入れ換わりに新生活が始まったのだが、長い間の家族への看護や、心づかいや、過労や、睡眠不足が勘助の肉体を蝕《むしば》み、不意の解放で精神は虚脱状態になった。昼も寝倒れて、目を開いたまま夢を見ているに等しい日々だった。

勘助にとって、夢は幼い時から身近な物だったが、彼の夢は一種独特だった。

多分、病弱で神経過敏だった幼少期に、唯一無二の伴侶だった伯母さんの影響を受けて、豊富な空想力が蓄えられ、独自の不思議な夢の世界が形作られたのだろう。

新婚の妻の手厚い看護を独占出来るのだから、只一人の生き残りも悪い事ばかりではない。

そして勘助は、結婚前後には亡き末子を追慕して「蜜蜂」を執筆し始めてもいる。末子の本当の姿を書き残そうという思いに駆られて、勘助は力を振り絞って執筆する。が、体力を失い、集中力も長続きしない勘助は、すぐに力尽きて、不器用に、無様に、どたりと畳に寝倒れてしまうのだった。

(9) 万世子と妙子

いかに美を愛する詩人であっても、現実の生活は厳しいものだ。

勘助は自ら「詩を生活するに忙しかった」と言っているが、それは生活の中から詩を発見していたのではなかろうか。シューベルトの歌曲「冬の旅」さながらの放浪生活は自由だが貧しく、生家の家政を見る暮しは「美的」どころか、厳しい現実の最たるものだった。

江木万世子は自分の美しさを知り抜いており、美しい身なり、美しい立ち居振る舞い、伝統的な美の味わい方に心を砕いている。そういう心掛け自体は見事であるけれど、疲れる人もいる事だろう。生来のがさつ者だけが「ちょいと肩が凝る人だなあ」と敬遠するとは決まっていない。勘助は美を感じる力が強いだけ、美と向き合って苦しくなる事があったとも言う。加えて万世子好みの美的生活を維持するには、かなりの経済的基盤が必要だ。

「勘助さん、なぜ私を選んで下さらなかったの?」と万世子が囁く。

本当の万世子の声か、勘助の心の葛藤や呵責からの声かは解らない。

「私は兄の看病を最優先して結婚を考えたのです。それは厳しい現実で、決して美的でも詩的でもありません。貴女が亡き姉のように身をすり減らして働いて命を縮める事を、私は望みません」と勘助は答えた。

勘助にとっては、家族の老母と病兄と「姉」末子を看取るのは当然の事だったし、義務だけではなく愛情が加わっていた。それがどのようなものかを、単に頭で解っているだけでは、同じ歩みを耐え切れるものではない。

長い間に家族の間で蓄積された家事や看護のマニュアルを飲み込むのは、一朝・夕では不可能である。中家に出入りしていた妙子が、家族の看護についてどれだけの知識があっただろうか?

「でも、愛は至上の物ではありませんの?」と万世子が囁く。

「その通りですが、この年になれば、物事を様々な角度から見るようになり、する事の結果も予想出来るようになります。それに従って責任も生じます。熱に浮かされて暴走出来るのも若い内だけです。若いから寄り添える事もあり、若い内からどうしても無理だと解る事があるものです」と勘助は呟いていた。「昔は貴女を完全に幸せに出来る自信に欠けており、言葉に責任が持てませんでした。今は……尚更です」

「勘助さんは、愛の代わりに道を選ばれたのね」と万世子は呟く。「愛から逃げられたのね。狡《ずる》うございましてよ」

「後悔しない為に、自分の言動に基準を決めて来ました」と勘助は呟いた。

知人達が反面教師でもあった。放恣《ほうし》な夢から覚めて自分を恥じた。目の前にぶら下げられた餌に反感を覚えた。自分がどれ程の重荷を背負えるかを計った。（そんな心の物差しの基準が、末子や、山田又吉だった）と勘助は思う。

「愛には異性愛もあれば、家族愛もあり、隣人愛も、人類愛もあるものです」

「私が欲しいのは、末子さんへのような家族愛でもなく、家政婦さんへのような人類愛でもないって、良くご存知の癖に、意地悪ね」と万世子は言った。

夢が醒めた時に、勘助は（解って貰えなければ仕方がない）と思った。

恋愛至上主義者には、勘助の「道」は「卑怯」「偽善」「狡さ」と見えるだろうが、勘助にとっては、熟慮の上の選択肢だった。

勘助は妙子の死後すぐに「妙子への手紙」を纏《まと》めにかかった。

友人と恋人の長女と言う特殊な少女は、父親の死後、実の娘のように勘助に懐いて来たし、勘助が望めば妻にもなったかも知れない、特別な秘蔵っ子だった。

妙子も自分がどういう存在なのか知っていたし、「道」については母の万世子よりは解っている気分だった。勘助にとっては「その欠点も全て知り抜いて、しかも愛し抜いた」と言う事で、公然と「思い出の記」を書ける人だった。

末子も、妙子については、勘助同様に「可愛くて可哀想な子」と思っていた。そんな思いのせいか、執筆に疲れて転寝をしている勘助の夢に妙子が現れた。

「狡いおじさま」と妙子は言った。かなりムキになっていた。

「どうしたんだい？」と勘助は言って（妙子、生きていたのか？）と思う。

「おじさまが結婚なさるなんて、最初で最後のチャンスじゃないの？　なのにお母様に一言もおっしゃらなかったなんて」と、怨《うら》みがましい口調である。

「お母様はずっとおじさまと結婚する気だったし、私も賛成だったわ。おじさまもそれをご存知だったのに、狡いじゃないの」

「その気もないのに、お母様に結婚の話が出来ると思うかね？　それこそ失礼じゃないか？　結婚の話が決まった時に、妙子には話したいと思ったけれど、間に合わなかったんだよ」と勘助は言い宥《なだ》める。

「本当にその気が無かったの？　お母様が忘れられなくて独身でいらしたんじゃあないの？　やっぱり貞女両夫にまみえずの意見なの？」と妙子は追及する。


「妙子のお父様とお母様が結婚されたのは、まだ在学中の事だった。同じ年に夏目漱石先生は東京帝国大学の教授を辞められて、朝日新聞に小説を連載されるようになった。私は英文学部から国文学部に移った。そして私がどうにか大学を卒業した時、九州帝国大学教授だった兄が倒れて失語症になってしまった。この時、私は就職もしていなかったんだよ」と、勘助は順を追って話し始めた。

「兄夫婦が元気で仲睦まじくて、息子でも生まれていたなら、私は気楽な次男坊で、外遊するのも、新しい恋を見付けるのも、詩を書き続けるのも可能だったろうが、事実は逆だった。末子おば様には子が授からず、老いた母は僻《ひが》みっぽく、病気の兄は暴力をふるう、惨憺《さんたん》たる状況だったのだよ。加えて兄は、自分が障害者となってても私を忌み嫌って家から遠ざけたがるし、身内は私が兄の代わりに家を見るべきだと言うから、私は進退窮まってしまったのだよ。自分の身一つを扱いかねて（自分に相応しいのは自殺か出家しかない）と思い詰めて流離《さすら》っていたのだよ。そんな折に妙子に出会って、可愛いなあと思ったんだ」と勘助は語った。

「変なおじさまだと思ったわ。お父様のお友達は何人も見たけれど、中おじさまは一人変っていらしたわ」と、妙子の声は笑いを含んでいた。

「妙子は私にとって、大事な慰めだった。時にはもう、お母様の身代わりではなくなっていた。私はお母様に再会して、自分が勝手に思い込んでいた彫像のような女性とは別人ではないかと思った。良き妻・良き母になっているお母様の幸せな姿を見て、私の中絶えた恋は終った筈だった。だがお母様の方は、お父様に何の不足もない筈なのに、私に昔の告白をしに来た。今更どうにもならないじゃないか」と勘助は言った。ほろ苦い気分だった。

互いに独身で自由だった日にも勘助は結婚に踏み切れなかったし、増してその告白の時には、万世子には妻として、母としての責任が生じていた。勘助は今更、恩師・夏目漱石の小説をなぞる気にはなれなかった。

「娘から見ても羨《うらや》ましい位、お母様は美しいわ。年令を感じさせないし、気品も色気もあって、立ち居振る舞いも美しいんですもの。子供達にとっては、自慢のお母様でした。おじさまは？」と妙子が言う。

「その通りだね。私は美しいものが好きで醜い物は嫌いだった。例えば『銀の匙』の勘ぽんの頃から、夢に出て来る醜い化物は嫌いだったし、美しい女性は私の生苦を和らげてくれる存在だった。だが、これだけ生きて来ると、様々な経験を経て、昔のように外見の美醜だけでは済まなくなって来たんだ。平塚で飼っていた犬のタゴは、みっともない犬だったが、飼っていればタゴの美点も見えて来るし、慈悲と言うか、そんな気分にもなって来る。そんなものさ」と勘助は言った。

「解りましたわ、おじさま」と妙子が半分おどけた口調で引き取った。

「お母様は際立って華やかに美しくて、それで殿方は夢中になるのに、中おじさまは距離を置いていらしたわ。鐘おばあさまも、金一おじさまも、人前では我慢しておられたから、『上品でちょっと気難しい方達』位に思っていたけれど、末子おばさまは命を縮めてお世話をして来られたのね。その方を長年身近に見て来られたおじさまが、そのお人柄に傾倒してゆかれるのは無理も無かったのね。そうよ、結局、お母様は世間知らずのお嬢様だわ。美的で詩的な物がお好きですわ。ハンサムで詩人のおじさまが、いつも変らずに訪ねて下さり、相談に乗って下さるとしたら、お母様も私も、まさか『道』の実践だとは思わなくってよ。女って、そうしたものよ。でもおじさまも気難しい方なのに、よくまあ、私達には、本当に気長に付き合って下さったわねえ」と、しんみりする。

「おじさまは詩を生活して来られたけれど、末子おばさまの血を吐くような献身と犠牲の生活を思い返せば、それはお母様が思い描くような甘いものではあり得ないわね。おじさまがお母様を愛しておられたら、そう言う暮しをさせたくはないし、今は昔とは違う心でおられるのなら、どうにもならないわね」と、妙子はやや性急に畳みかけて来る。勘助はそれを肯定も否定も出来ない。

「ええ、そうよ。お母様にはそんな事はさせられません。そしておじさまは、末子おばさまを見捨てる事はお出来にならなかったわ。金一おじさまが後に残られて、その看護第一を考えられたら、若くて健康な、末子おばさまタイプの嶋田さんを選ぶのは無理もないわ。……おじさま、お目出とう御座います。お幸せにね。妙子のことを時々は思い出してね」と、妙子の声が微《かす》かになって行く。明るく取り繕っているが、少し湿っぽい声だった。

(10) 過去との決別

「勘助叔父様の事を、貴女にすっかり任せてしまったけれど、大丈夫?」と言っているのは文枝の声らしい。

「あら、その為に来たのですもの。元々はお兄様を看て差し上げる筈でしたのに、ねえ」と言っているのは、和子である。

「ええ、まさか金一伯父様があんな風にお亡くなりになるとは、誰も想像もしなかったわ。それは、生きていて欲しかったけれど、ねえ」

「本当に一日でもお世話して差し上げたかったのに。私の事をお気に入らなかったのかしら?」と和子が涙ぐむ様子である。

「それについては、勘助叔父様も考えていらっしゃったわね。でも、自慢する訳じゃないけれど、こんなに急なお話で、しかも結婚の第一条件が、金一伯父様の看護でしょう? もう、貴女以外の方は思い浮かばなかったわ。貴女はご自分を責める事なんぞ、これっぽっちも無くってよ」と文枝が言う。

そして更に、「勘助叔父様は、長年、家族全員の看護をして来られたから、疲れが溜まって、遅かれ早かれこういう事になられたと思うのよ。こう言っちゃなんだけれど、新婚早々、病人が一人で済んだのは不幸中の幸いだったわ。さもなければ、貴女が参ってしまったわよ。金一伯父様は末子伯母様の後を追って行かれたんだと思うわ。『無くてぞ人は恋しかりける』で、ご自分の本当の気持に気付いたんですわ。きっとそうよ」と言い慰めている。

金一の自死については、親戚知人の間でも意見が様々で、勘助と和子は神経を尖《とが》らせる事があった。その心的外傷にも、やっと薄皮が張ったばかりである。

「気を悪くなさらないでね。末子伯母様のようにできた方を探すのも、江木夫人のような才媛を探すのも、勘助叔父様と話が合う人を探すのも、同じ位大変な事なのよ。だから貴女は自信を持って頂きたいの」と文枝が言う。

末子は二人の話を聞きながら頷いていた。

（確かに、勘助さんの気難しさを受け止めるだけでなく、その博学と言うか雑学と言うか、多方面に亘る好奇心に付き合える人は、そうざらにはいませんね。私は最初から勘助さんを見ていたから解るけれど、途中からでは中々よ。文枝さんはよくやってくれたわ。有難う）

と末子は思った。

今度こそ、勘助を託せる人だと思い、末子は安堵した。

葡萄糖《ぶどうとう》の注射は勘助にとって有効だったが、それを他のより重い患者の為に譲らなければならない程、物資は不足して来ていた。

（生き残った者として出来る事は、その思い出を書き残す事だ）と勘助は思う。末子は勘助の最高の理解者だった。その真実の姿を書こうとすれば、金一の家庭内暴力についての批判になった。勘助自身が同じ被害者だったから、我が事のように感じられた。だが、金一が弱者となり、自分が庇護すべき対象となると、少しずつ金一の愛すべき側面が見えて来た。戦友である末子を庇《かば》いながら、敵である金一を憎み切れない自分に気が付いた。そして勘助は（兄は生来善良だったのに、悪鬼のように歪んでしまったのだ。その原因は家族制度の不自然さにあるのではないか？）と思うようになった。

性向も嗜好も対照的で、相互に反感が先に立つ兄弟だったが、二人の後姿は瓜二つだったと言う。だから時には相手をもう一人の自分と感じたかも知れない。

勘助は障害者の金一を表面上だけでも家長として立てつつ、末子と二人で家政を執っていたが、家族や親戚知人との人間関係は、また別物だった。

（目上だからと立てていれば言いたい放題で、助けるどころか足を引っ張る）と煩《わずら》わしく思う事も多かった。そんな思いが走馬灯のように勘助の脳裏を廻って、涙を堪え切れなくなる。勘助は筆を置いて、肘枕で寝てしまった。


「駄目ですよ、転寝なんぞして。体が弱っているんですから、風邪なんぞ引いたら大変ですよ」と末子が呼んでいる。（姉さん？）と思うが、体が動かない。

「おじいさんは私の所に来ましたよ。だから安心して下さい。おじいさんの事をわかるのも、勘助さんの事をわかるのも、同じ位大変でしたわ。癇《かん》が強くてピリピリしていて、その癖に傾向が全く違うんですものね」と末子が言う。

若くて健康だった末子なのか、老いて病んだ末子なのか、姿は定かではない。

「私達は良い姉弟でしたわね」と末子は言った。「私は出来るだけの事をして来たつもりでしたが、私の体は弱かったの。御免なさいね。今はもう良い奥様がいらっしゃるんですもの、ちゃんと養生なさいね。あなたの人生は、まだこれからなのよ」と末子はしみじみと語りかける。

「本当に、勘助さんが当り前の暮らしに入られて、良かったわねえ。誰にも辛かったけれど、ああやって暮らすしかなかったのねえ。誰にとっても、蛇の生殺しのような暮らしだったわねえ。でも今度こそ、和子さんと一緒に幸せになってね。私達の分までね……」と、懐かしい声が遠ざかって行った。

子供のように純真で素直だった人。姑と夫に仕え続けて倒れた善良な人。「兄嫁」や「義姉」よりも「姉」と呼ぶのが相応しかった人。この世に有る事が難い人。

勘助の心は、目に見えない末子の影を追って行く。

(11) 人生の転機

昭和十八年の五月に、勘助は筑摩書房から、末子の思い出を纏めた「蜜蜂」を刊行した。故人を知る人達は、近親者や親友にさえ愚痴もこぼさずに、命を削って一家を支えて逝った末子を思って涙した。

末子は（もうそんな事は何でもないのに。それに私はそんなに偉くないわ）と思ったが、友人・知人に理解され哀惜される事はやはり嬉しかった。

（これは勘助さんしか知らなかった事、解らなかった事、書けなかった事だわ。本当に有難う。でも勘助さんは、私をまるで殉教者の聖女にしてしまったわね。私はそんなに偉くはないのよ。悲しくなっちまうわ）と末子は苦笑した。

六月に江木万世子が亡くなった。五十八才だった。江木悦子にとっては再びの逆縁である。勘助もこれを聞いた事と思うが、活字ではその事実しか残っていない。その後も「江木万世子の思い出」と言える物は殆ど無く、強いて言えば「呪縛」と言う短い随筆で、しかも万世子の名前は記されていない。

その代りのように、同じ月に「□子への手紙」が「八雲」の第二輯《しゅう》に発表された。勘助が新婚の妻に気を遣ったか、江木家に遠慮したか、そこは推測するしかないが、これで勘助の過去との決別はほぼ終った。

（江木さんとの関係は妙子さんが無難だわ）と末子は思った。（万世子さんを書いたら大変だわ。今はまだ、勘助さんの中でも、纏めようがないわよ。多分、旧友の家族として訪問していた心算でしょうけれど、他人はそうは思わないわね。勘助さんもどこで切り上げて良いのか解らなかったのかも知れないわ）

「勘助さんは結局のところ、金一お兄様は末子お姉様を追いかけて行ったので、他に考えようはないとおっしゃるのね？」と和子は言った。

「兄さんはお前さんの事を気に入っていたよ。でも一番気に入っていたのは、やっぱり姉さんだったんだよ。仕方がないじゃないか」と勘助が言う。

「ええ、でも、もっとお世話をしてさし上げたかったのに、余りにも短いご縁でしたわねえ」と和子は頷いた。

気力を奮い起して、姉の末子と秘蔵っ子の妙子の二人の「思い出の記」を仕上げたものの、長い看病の疲れが尾を引いて、勘助は半病人状態だった。

眠りは浅く、許可を取って白米の粥を作って食べても、回復は遅かった。平時ならともかく、戦時下である。和子も新婚早々で未亡人にはなりたくない。何とかして勘助に体力を付けさせたいが、空襲が身近に迫りつつあった。

（お兄様お姉様が生きていて下さったらと思うのは本心だけれど、亡くなってしまわれたから、何があっても勘助さんお一人を心配すれば済むのも事実だわ）と考えて、（こんな事を考えなくてはならないなんて、本当に、何と言う世の中でしょうね！）とも和子は思った。

勘助は、戦場に出て行く若い愛読者達の事を書きとめていた。

家事引き継ぎ・仏事・残務整理が忙しい。嶋田家との往来も少しずつ増える。その中で勘助は義妹の秀子について絵の稽古を始めた。習字の稽古も始めた。義父の嶋田正武は、神経痛と腎臓炎を患っていたが、それも副腎腫と解った。正武は勘助との関係については「安心し、信頼している」と言い置いて、七月十六日に亡くなった。

勘助は「雨竹」の絵を義父に見せようとして一枚仕上げたが、和子が東京全市の防空演習の見張りに出て行かねばならず、それを終えて「雨竹」を持って病院に駆け付けた時は、既に遅かった。

そんな中で「蜜蜂」を読んだ知人からの手紙が続々と届き、亡き人への理解を喜びながら、悲しみを新たにする日々だった。

末子は（こんなにして私を残して下さるなんて。私は果報者だわね）と思った。

長年の「家」の重圧から解放された勘助は、一、二年東京を離れて、田舎で静養したいと思い、和子の実家に留守番を頼み、転地先を探した。あれこれと探した挙句に最後に引いた籤《くじ》が、それまで名前も聞いた事が無かった静岡市郊外の、安倍郡服織村だった。服織村羽鳥の石上家は、和子の仲の良い従姉妹の長谷川恵津の嫁ぎ先である。恵津の夫の石上数雄の承諾を受けて、和子が下見に行って、話は決まった。

元々、正武は静岡の長沼の野中家の末息子で、嶋田家に婿入りした人だ。幼名は和三郎である。恵津の母の長谷川うめは野中家の長女で、うめと和三郎の姉弟は仲が良く、従って娘達も仲良く行き来していた。しかし、和子が静岡に土地勘を持っていても、住むには初めての土地で、しかも戦時下である。

転住の直前に、青山墓地の両親と兄夫婦の墓参りをした勘助は「家族制度とその似非《えせ》道徳」によって、つまらぬ我意・私情を押し通そうとして、幸せなるべき生涯を台無しにした人々とその犠牲者への悲嘆を感じていた。

〈犠牲者というのは、広く言えばどなたもだけれど、勘助さんは戦友の私を一番の犠牲者と思っておいでだわね〉と末子は思った。

〈新婚のお二人で、静かな田舎で心と体を休めるのよ。ちょっと羨ましいわね。ついて行っても良いかしら？〉とも思う。金一もついて行きたそうな顔をした。

かつて勘助は「一家の確執は皆が死んで初めて終る」と思ったが、それは現実になった。とは言えどの家族も、一人一人を取り上げればかけがえのない父母兄弟姉妹であり、亡くなる直前には尊属卑属云々よりも、生来の善良な性格が表面化して、懐かしい思い出が多く残っていた。だからその人々の我儘に苦しめられながらも、憎しみが愛しさに転化しつつあった。

「退転また退転、懺悔また懺悔、苦闘幾十年、僅かに克つ事を得たり」そして「喜び尽くることなし、この道の道かあらぬか知らねども」と勘助は詠っているが、自分の感情をコントロール出来ずに後悔する事が多かったものだろう。

その事を自覚しない尊属と、自覚している卑属の対立の中に、皆の人生の大半を費やしてしまったのだ。（みんな、もっと幸せになれた筈だ）と勘助は思う。

末子は（でも、不思議のご縁で、勘助さんに出会えて良かったわ）と思った。

そして今、余生とは言え、勘助は人生の転機を迎えた。「不思議のご縁」で新しい伴侶を得て、転地静養の為に未知の土地に暫《しばら》く身を置こうとしているのだ。

時節柄で多くは望めないとしても、勘助はそこに「何か」がありそうな気がしていた。

発刊に寄せて

静岡市立中勘助文学記念館前館長
前田　昇

私が初めて奥山和子さんにお会いしたのは、中勘助文学記念館が誕生して、間もない頃だったと記憶しています。

誕生二年前の平成五年度から、文学館整備検討委員を委嘱されていた私は、委員長の稲森道三郎さんから、「奥山さんは、中さんの熱心な研究者で実績もあり、奥行きの深い人です」とか、「幼児の頃は、中さんに抱っこされたり、おぶさったりと、とても可愛がられていたようです」など聞かされていました。

和子さんについては、何も知らなかった私も、祖父の石上数雄さんについては、おぼろ気ながら覚えています。がっしりとした体躯と豊かな声量、転地静養先の前田家の離れにも時折姿を見せてくれました。その時の数雄さんの話し声、笑い声が、小道一つ隔てた我が家にも届いたことがありました。

男らしくて、太っ腹の数雄さんも、その胸の中には、繊細でこまやかな神経を持ち合わせていました。

それが、中さんの転地静養生活に表れています。中さんから「これが最後のくじだ」と申し込まれた住居も、数雄さんの口ききで瞬時に決まりました。普段から信頼されていたからこそです。

中さんの転居してきた昭和十八年は、太平洋戦争の末期で、食糧をはじめ日用品の悉くが不足し、わずかばかりの官制配給品で、その場、その日を過ごしていました。そんな窮乏生活の中でも中さんは、泰然自若、いつも通りの創作活動を続けていました。その中から「鶴の話」「ひばりの話」「結婚」「余生」などの名作が生まれました。

この中さんの制作活動を献身的に支えたのが、石上数雄さん一家です。その全容が、岩波版「中勘助全集第十巻」の随筆「羽鳥（二）」にあざやかに描かれています。

話を奥山和子さんに戻します。

初対面以降、各種団体主催の文学講座、講演会、観月会、コンサート等で同席する機会が多くなり、その都度、私の知らなかった貴重な話を聞かせていただきました。卒論に中勘助を選ばれただけに、研究も本格的で筋も通り、大変参考になりました。話し方も、高ぶらず、自慢もせず、謙虚で歯切れのいい語りで好感が持てました。

話し合う過程で、早急に取り組む仕事が見つかりました。それは、生前の中さんを知っている方々の声を集めて、後世に残そうという企画です。中さんが帰京して六十有余年になります。中さんの周りにいた子供たちも八十路を迎えました。もう待っている余裕はありません。各人の連絡に手間取り苦労しましたが、どうにか十六号までこぎつけました。編集、印刷を担当した奥山さんの功績が大きかったです。

終りに、「中勘助生誕百三十年、没後五十年、文学記念館開館二十周年」を記念する顕彰誌「縁の作家・中勘助」の六ページに掲載されている、「花咲爺としての中さんの思い出」というコラム風の文章が大好きです。幼児時代のすぐれた感性が伝わってきます。一読をお勧めします。

あとがき

安倍郡服織村に静養・疎開に来られた中さんとの最初の出会いは、昭和十九年七月、父史郎の出征の為に、母とよと生後七カ月の私が、任地の横須賀市から祖父の家に来た時でした。正に不思議のご縁の始まりでした。五、六才頃には、中さんの作品を、訳も分からないまま拾い読みして育ちました。

日本女子大学の国文学科に入学した私が、東京都中野区の中さんのお宅にご挨拶に伺った時に、「私の事を書きませんか」と言われて、以来、四年間をかけて卒論「中勘助の思想」を纏めました。

しかし、不運にも中さんが亡くなられたので、卒論をお見せすることも叶わず、月日が過ぎました。私は東京都小平市の叔母の家に世話になり、同人誌「日通文学」「全作家」で、諸先輩方から書く事を学んでおりました。

更に月日は過ぎ、私は静岡市羽鳥の母の家に戻り、中勘助文学記念館の前田前館長に色々と教えられ、引き立てて頂きました。記念館のボランティア活動として「聞き語り」「月潮」等で情報を収集し、発信して来ました。また、記念館に集まる様々なゲストを通じて、現在の中さんの研究にも触れる幸運に恵まれました。

その間に「地獄の道づれ」「転」の二作品を纏めました。本当は中さんを書きたいけれど、私は中さんになり切れません。それで、兄・金一氏の視点で弟・勘助氏を書く事なら出来るかと思って「地獄の道づれ」を書きました。

そして金一氏の死と勘助氏の結婚から静養・疎開までを書こうとして、模索の末に、兄嫁・末子さんの視点で「転」を書きました。どちらも資料を見て書き、旧作を修正しましたが、これはあくまでも小説ですので、私の想像も多いのです。事実と違う部分はそういうものだとお考え下さい。

この本を出版するにあたっては、色々な方達にお世話になりました。静岡新聞社の編集局出版部長の庄田達哉氏、従弟の漆畑良隆氏には心温まる励ましと的確な指示を頂き、大変にお世話になりました。

中勘助文学記念館前館長の前田昇氏には「推薦文」をお願いし、快諾して頂きました。皆様に心からお礼申し上げます。

平成二十八年八月
奥山和子

奥山　和子（おくやま・かずこ）
1944年神奈川県生まれ、日本女子大学文学部国文学科卒
1967年県立静岡女子大学助手、駒沢学園司書、タツノコプロを経て、1970年代半ばから「日通文学」、次いで「全作家」同人として執筆。1988年から静岡市立中勘助文学記念館の事業に関わる。
著書－「シルリアのひとみ」（理論社）、「大方様覚書」（日通文学第48・49巻・同文学賞）他

地獄の道づれ

2017年1月15日　初版発行

著　者／奥山　和子
発行者／大石　剛
発行所／静岡新聞社
〒422-8033　静岡市駿河区登呂3-1-1
電話054-284-1666　FAX054-284-8924
印刷・製本／三松堂

ISBN978-4-7838-1118-3　C0095